good FORtuNe
starsigns
내 별자리의 행운수첩

good FORtuNe
starsigns

내 별자리의 행운수첩

"별들이 살짝 가르쳐주는 나의 행운"

미켈레 나이트 지음 · 유영일 옮김

북&월드

내 별자리의 행운수첩

초판 1쇄 인쇄 | 2004년 7월 19일
초판 1쇄 발행 | 2004년 7월 23일

지은이 | 미켈레 나이트
옮긴이 | 유영일
펴낸이 | 신성모
책임 편집 | 정종화
영업, 홍보 | 최승필
관리 | 이영하
펴낸곳 | 북&월드

등록 | 2000년 11월 23일 제10-2073호
주소 | 서울특별시 서대문구 창천동 68-68 기린하우스 A동 501호
전화 | 02-326-1013
팩스 | 02-326-0232
e-mail | onlybook@hanmail.net
ISBN | 89-90370-59-0 03840

들어가는 말

　당신의 별자리는 겉으로 드러난 당신의 인격이고, 세상을 살아가기 위한 도구이며, 당신의 에고의 모습이다. 별자리는 다른 사람들이 당신을 인식하는 방식에 영향을 끼친다. 나이가 들어갈수록 별자리의 특성이 더욱 더 뚜렷하게 나타나는 것이 일반적이다. 어떻게 하여 그렇게 되는지를 안다면, 당신은 그것을 당신에게 유리하게 활용할 수가 있을 것이다. 왜 비슷한 일을 되풀이해서 겪게 되는지, 당신의 삶 속에는 어떤 특정한 패턴이 있는 것은 아닌지, 의심해 본 적이 있는가? 인생의 어떤 분야에서는 행운이 따르는데, 다른 분야에서는 그렇지 않다는 것을 경험해 본 적이 있는가? 이 책은 당신의 별자리가 갖고 있는 비밀을 밝히는 것을 목적으로 삼는다. 12별자리에는 저마다 부여된 수많은 자질과 특성이 있고, 그것을 살림으로써 누구나 빛나는 성취를 이룰 수 있다. 그 별자리 각각에는 저마다 다른 종류의 행운이 부여되어 있으며, 각기 독특한 강점과 약점 또한 지니고 있다. 전갈자리 태생은 모두가 이중 플레이를 잘하는 선수들일까? 양자리 태생은 모두가 목소리 큰 얼뜨기들일까? 또는 각 별자리들에는 눈에 보이는 것 이상의 무엇인가가 더 있는가?

　당신의 강점과 약점을 분명하게 인식한다면, 당신은 당신이 원하는 삶을 사는 데에 그 힘을 활용할 수 있을 것이다. 일어나지 않은 일을 한탄하는 대신, 그런 부스러기들을 떨어내고 당신이 갖고 있는 신비한 힘을 잘 다스리는 데에 에너지를 쏟는다면, 당신의 꿈은 결코 먼 곳에 있지 않다. 무엇이 당신을 똑딱거리며 움직이게 만드는지, 어떻게 해야 당신의 꿈을 더욱 더 빨리 이룰 수 있을지, 곰곰 음미하면서 읽어 나가기 바란다.

양자리 aries

3월 21일~ 4월 20일

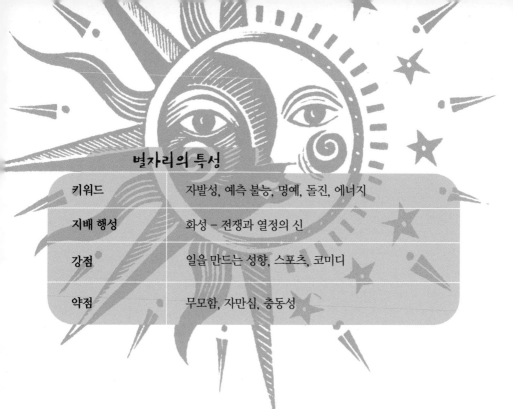

별자리의 특성

키워드	자발성, 예측 불능, 명예, 돌진, 에너지
지배 행성	화성 – 전쟁과 열정의 신
강점	일을 만드는 성향, 스포츠, 코미디
약점	무모함, 자만심, 충동성

황도대의 첫번째 별자리인 양자리는 행운을 위한 여러 가지 조건을 타고난 것 같다. 첫번째 줄에 서 있느니만큼 만사에 열의와 열정을 가지고 있는 것이 당연하고, 그것이 여러 모로 도움이 된다. 당신은 당신 자신뿐만 아니라 기적에 대해서도 본능적인 믿음을 가지고 있다. 대담한 용기와 자신감으로 도전을 사랑하고 꿈을 이루기 위해 뛴다. 삶을 향해 돌진하다가 운명에 의해 좌절될 때라도, 황도대의 첫번째 아이답게 불가사의한 마법의 힘에 대한 믿음을 저버리지 않는다.

양자리의 좋은 점은, 거의 정기적으로 한 번씩 행운이 찾아온다는 것이다. 올

바른 곳에 쏟아 붓는 당신의 에너지는 행운의 여신을 불러온다. 충동적이고 원기 왕성한 열정이 행운을 차지하도록 고무하는 것이다. 물론 열정이 변하여 무모한 충동으로 나타나는 경우도 적지 않다. 하지만 삶을 윤택하고 풍요롭게 하기로 마음만 먹는다면 누구도 막을 수 없을 것이다. 타고난 대담성과 용기는 갖가지 흥미로운 시나리오와 모험에 가득 찬 삶으로 당신을 이끌어 줄 것이다.

밀어붙일 것인가, 그만둘 것인가?

당신은 자기 자신을 반짝이는 갑옷과 투구를 쓴 기사쯤으로 생각하기 쉽다. 양자리 태생은 남성이든 여성이든 세상을 구하고 싶다는 바람을 품는 경향이 있다. 물론 이를 실질적인 방식으로 추진하는 것은 아니다. 용맹심에 사로잡혀 어린 아이들이나 하녀를 구하기 위해 불타는 건물 속으로 서슴없이 돌진하는 사람은 양자리 태생이기 쉽다. 이런 왕성한 에너지를 어떻게 해야 십분 활용할 수 있을까?

당신의 인생을 잘 살펴보고, 무모하거나 충동적인 행동을 한 적은 없는지 돌이켜 보라. 그로 인해서 극적인 어떤 사건들이 벌어진 적은 없는가? 아마 틀림없이 있을 것이다! 뛰기 전에 생각하는 습성을 들이는 것이 행운을 불러오는 열쇠가 된다. 당신이 하려고 하는 일의 결과를 미리 숙고해 보라. 당신이 스스로를 돌보지 않으면, 행운의 여신 또한 당신을 도울 수 없다. 상관 앞에서 멋대로 술잔을 내팽개친다면 무슨 일이 일어날 것인지는 자명하지 않은가?

하지만 양자리 태생은 별난 짓을 하더라도 그리 큰 해를 입지 않곤 한다. 신들은 항상 당신을 향해 미소를 짓고 있는 것 같다. 그들로서는 당신의 강심장을 칭찬해 주어야 한다는 의무감을 느끼고 있는지도 모른다. 이런 타고난 행운을 진정 자기 것으로 만들기 위해서는, 당신이 잘 하는 분야에 초점을 맞추어야 한다. 열정적인 기질을 살리지 않고 하기 싫은 일에 매달린다면 행운은 당신에게서 등을 돌리고 말 것이다. 꿈과 이상을 좇아 초원 위에 길을 뚫는 개척자 정신을 발휘하도록 하라. 그것이 양자리다운 모습이다.

별자리 어드바이스

양자리의 상징이 숫양이라 할지라도, 행운을 차지하기 위해 뿔을 들이밀고 박치기를 하려고 하지는 말라! 아무리 카리스마적인 매력을 지니고 있다고 해도, 힘 센 장사 앞에서는 물러서는 것이 현명하다. 당신은 다른 사람들보다 한 걸음 앞서는 경향이 있으니, 은근과 끈기를 배워야 한다. 다른 사람들은 당신이 좀더 인내심을 갖고 기다려 주기를 바란다. 뿔로 들이받으려고 하기보다는 은근히 유혹을 하는 법을 배우는 것이 더 많은 풍요를 불러온다. 사실 당신은 정의를 사랑하고, 대담한 솔직성을 가졌으며, 다른 사람들을 지휘 통솔하기보다는 사랑으로 격려하기를 좋아한다.

행운의 색깔 LUCKY COlORS

당신은 무엇보다도 붉은색에 이끌리지만, 행운을 가져다
주는 색은 자주색이다. 빨강과 파랑이 혼합된 자주색은 당
신에게 조화와 균형 감각을 가져다준다. 붉은색은 열정
적이고 격렬한 당신의 성품과 당신의 지배 행성인
화성을 나타낸다. 거기에 비해 파랑색은 지나친 열정이
나 분노로 폭발하지 않도록 당신을 차분하게 가라앉혀 준
다. 열정적이면서도 냉정을 유지할 필요가 있는 상황이라
면 자주색 계통의 옷을 입는 것이 좋다. 온전한 휴식을
위해서는 라일락이나 라벤더 꽃 같은 연보라색으
로 방을 꾸미도록 하라. 이런 색깔의 방은 푸근하
고 안정감을 주어서 휴식을 취하기에 좋다. 하지만
붉은색 옷을 입는다면 당신은 확실히 다른 사람들의 눈길
을 사로잡을 것이다!

집안의 방 중 하나를 붉은색으로 꾸민다면, 그 방은
당신에게 에너지와 열정을 더해 줄 수 있다. 욕실 안을 붉
은색으로 칠해도 좋다. 욕실에 금빛 테두리를 가진 그림이

나 액세서리로 채우도록 하라. 그러면 당신이 본래 갖고 있는 열정에 영적인 황금색이 균형을 이루게 해주어, 목욕을 할 때마다 에너지가 재충전되는 경험을 하게 될 것이다. 황금 촛대에 불을 밝히고, 물 속에 붉은 갈색을 띤 크리스털을 던져 넣은 다음 목욕을 하고 나면 기분이 고조될 것이다. (기분이 상했을 때나 화가 날 때, 크리스털은 이를 즉각 제거해 주지만 그렇다고 해서 열정 자체를 필요 이상으로 식히지는 않는다!) 파트너와 함께 한다면 사랑의 분위기를 달궈 주어 더욱 멋진 일이 될 것이다.

당신 자신에게 정직하라

마음 내키는 것은 무엇이든 할 수 있는 능력이 있다. 당신은 확실히 남다른 데가 있어서, 실패라는 단어는 당신의 사전에 존재하지 않는다. 레오나르도 다 빈치는 양자리 태생이었다. 그의 열정과 창의력은 시대를 뛰어넘는 걸작들을 낳게 했다. 찰리 채플린은 어느 누구도 흉내 낼 수 없는 코미디를 창조했다. 양자리 태생의 사람들은 확실히 남다른 창의력의 소유자들이다. 당신에게는 불같은 성공에의 열망 역시 있다. 당신은 성공을 갈망하고, 그것을 필요로 한다. '성공'이라는 애매모호한 단어가 당신에게 무엇을 뜻하든, 당신은 그것을 획득할 수 있을 것이고, 획득하게 될 것이다.

하지만 한 가지 염두에 두어야 할 것은, 시작은 잘 하지만 끝마무리가 잘 안 되는 경향이 있다는 점이다. 프로젝트에 대한 열정이나 꿈을 이루겠다는 신념으로 태풍처럼 일을 시작하지만, 뒤끝은 가랑비처럼 되어 버린다. 지루한 것을 참기 힘들어하는 것도 양자리 태생의 특징이다. 성공의 기회를 높이려면 꾸준하게 밀어붙이는 자세를 가져야 한다. 포기하지 않는다면, 결국 성공하게 될 것이다.

일이 되어가는 것이 못마땅하고 마음의 갈피를 잡지 못하겠든, 성공한 당신의 모습을 그려 보고, 왜 그 일을 하고 있는지를 상기함으로써 일에 대한 열정에 다시 불을 붙여라. 애초에 품었던 바람과 열정을 기억하고 되살려라.

남보다 앞서 나갈 수 있는 모험심과 융통성을 요하는 직업을 선택하면 성공의 가능성이 높아진다. 당신은 판에 박힌 일을 싫어한다. 아홉 시부터 다섯 시까지

줄기차게 자리를 지켜야 하는 일은 당신의 적성에 맞지 않는다. 당신은 타고난 싸움꾼이어서 뭔가 당신에게 도전이 될 만한 직업을 택할 때 성공의 가능성이 높다. 군인이나 스포츠맨, 소방관 중에는 양자리 태생이 많다. 어떤 분야든 대담성과 강심장을 요구하는 직업을 즐겨 선택한다.

　　남성이든 여성이든, 양자리 태생은 인터뷰를 하러 가는 일에 적임자다. 인터뷰는 용기를 필요로 하는 일이기 때문이다. 당신은 독충이 우글거리는 사막에 혼자 고립되어도 눈 하나 깜짝 하지 않을 사람이라는 소리를 종종 들을지도 모른다. 대담하게 나아가라. 교사가 되는 것에 관심이 있든, 아틀란티스 대륙의 잃어버린 도시를 찾기 위한 모험에 관심이 있든, 기꺼이 도전하라. 행운이 따를 것이다.

행운에 날개를 달아라

당신은 계획을 세우지 않음으로써 그만큼 뒤처지곤 하는 전형적인 타입이다. 실제적인 수완이 부족한 사람이라는 소리를 듣는 이유가 바로 여기에 있다. 당신은 청바지에 구두를 신고서도 북극에라도 갈 수 있을 것처럼 생각한다. 하지만 그런 천진난만한 생각은 성공의 기회를 망쳐 버릴 수 있을 뿐 아니라 동상에 걸려 발가락까지 잘리는 아픔을 겪게 할 수도 있다! 준비되지 않는 사람에게는 행운의 여신도 찾아오지 않는다. 그러니 계획을 세움으로써 행운에 날개를 달아 주어라. 쇼핑을 가기 전에, 인터뷰를 하러 가기 전에, 어떤 모험을 계획하였다면 먼저 필요한 리스트를 적는 습관을 가져라. 크게 애쓰지 않아도 되는 이런 단순한 테크닉이 성공의 가능성을 높여 주고, 당신의 꿈을 현실화시켜 준다. 내 말이 믿어지지 않는가? 한 번 시도해 보라!

숫양인 당신은 장애물이 있든 말든 무작정 앞으로 나아가려고 하는 경향을 보인다. 이것은 분명 칭찬할 가치가 있는 일이지만, 때로는 잠자코 항복하는 것이 행운을 불러들이는 첩경인 경우도 있다. 더 높은 힘에 자신을 내맡기는 것은 패배가 아니라 믿음의 행위라는 것을 깨닫도록 하라! 당신은 거기에 이르도록 되어 있다. 삶은 그 안에 신비를 품고 있으며, 그것은 특히 당신을 위한 것임을 믿어라. 삶은 미묘한 방식으로 당신이 있어야 할 제자리로 당신을 데려다 줄 것이며, 온갖 종류의 행운으로 당신을 놀라게 할 것이다. 행운을 향해서 돌진하는 것은 멋진 일이다. 하지만 힘든 일을 해낸 다음에는 삶이 스스로 제 갈 길을 가도록 물러나 있는 것이 효과적일 수도 있다.

행운의 보석

다이아몬드는 당신과 흡사하다. 눈부시게 반짝거리고, 강하고, 부서지지 않는다. 이 값비싼 보석을 구할 여력이 된다면, 부를 끌어들이기 위한 부적으로서 지니고 다녀라. 그것을 당신의 연인에게 양자리의 연인이라는 증표로서 주어라. 다이아몬드가 당신들의 관계를 보호해 줄 것이다.

석류석은 열정의 보석이다. 심홍색의 이 보석은 관능을 고동치게 하고, 침체되어 열정이 필요할 때 대단한 힘을 발휘한다. 이 보석은 성적인 매력을 발산하도록 도와주어 사랑의 승리자가 되게 해준다.

자수정은 조화와 균형을 상징하고, 지혜를 함양해 준다. 중요한 결정을 하기 전에는 왼손에 자수정을 쥐고 잠시 숨결을 가다듬어 보라. (대개 왼손은 에너지를 받고, 오른손은 에너지를 발산한다.) 자줏빛 에너지가 당신의 몸 전체에 흐르고 있어 직관과 내면의 지혜를 실어다 준다고 상상하라.

행운의 숫자 LUCKY NUMBERS

양자리 태생에게 행운의 숫자는 1, 9, 8, 11이다. 주사위 게임 같은 것을 하면 당신에게는 행운이 따르는 편이지만, 멈출 줄을 모르는 경향이 있는 것이 탈이다. 그러니 도박은 반드시 피하지 않으면 안 되는 것이다. 도박을 할 때 솟구치는 짜릿한 흥분은 당신을 온통 사로잡을 것이지만, 매번 행운만 불러올 리는 만무한 것이다!

당신에게 특별히 행운을 가져다주는 숫자를 알려면, 스무 번쯤 주사위를 던져서 나오는 숫자의 빈도수를 적어 보라. 사흘 동안 이 과정을 되풀이하면, 그 결과를 보고 놀라게 될 것이다.

양자리를 위한 팁

당신에게 맞는 기름은 일랑일랑(ylang-ylang, 말레이, 자바 산의 교목으로 향유를 채취함)이다. 그것은 균형 감각을 회복시켜 주고, 당신에게 숨어 있는 신사숙녀다운 기질을 일깨워 준다. 일랑일랑은 항우울제로서 우주의 섭리에 대한 믿음을 잃어버렸을 때 큰 위력을 발휘한다. 관능적인 그 향기는 성욕을 북돋우는 것으로도 알려져 있다. 데이트를 할 때 기름을 태울 수 있는 버너를 가지고 간다면 대단히 유용할 것이다. 당신은 당신이 믿는 바를 창조한다는 것을 유념하라. 당신이 발휘하는 파워의 절반은 긍정적인 마음가짐에 달려 있다.

양자리의 행운아

양자리 태생은 어린애 같은 믿음으로 돌진하여 기회를 놓치지 않기 때문에 행운을 차지한 사람이 많다. 할리우드의 유명 배우이자 감독인 워렌 비티는 평생 여자들에게 둘러싸여 살았다. 양자리들은 여자들을 졸졸 따라다니면서 구애를 하고 사냥을 하는 것을 좋아하는데, 비티는 양자리의 그런 스포츠에 탁월한 솜씨를 가지고 있었다. 그는 나탈리 우드, 브리짓 바르도, 이자벨 아자니, 줄리 크리스티, 마돈나 등등 당대 최고의 여자 스타들과 숱한 염문을 뿌렸지만, 결국엔 아네트 베닝에게 정착하여 세 자녀를 두었다. 양자리는 주된 구성 원소가 불이기 때문에 내면에 함유된 불처럼 활활 타오르는 사랑을 한다. 하지만 너무 빨리 철석 같은 사랑을 약속하지는 말라! 영원한 사랑의 고백을 하고 싶어 미칠 지경이라도 혀를 깨물고 꾹 참으라. 워렌은 영특하여 사랑의 약속을 남발하지 않았다. 그는 연인들의 마음을 사로잡으면서, 자신이 준비가 될 때까지 느긋하게 즐길 줄 알았다. 양자리 태생이라면 이 이야기에 특별히 귀를 기울일 필요가 있다. 준비가 될 때까지는 사랑의 맹세를 하지 말라. 진실로 가슴이 원하는 바를 따를 때 행운은 저절로 굴러 들어온다. 그러니 굳이 다른 사람들을 기쁘게 해주려고 애쓸 필요가 없다. 분별 있게 굴고, 솔직해져라. 하지만 경솔하게 사랑의 약속을 남발하지는 말라. 당신은 라스베가스로 줄행랑을 쳐서 후다닥 결혼식을 치르고 싶어하는 충동적인 성향을 가졌다. 하지만 기억하라. 당신이 절대적으로 확신하지 않는 한 낭만적인 사랑에 책임까지 덧씌우지는 말라.

헐리우드의 러브메이커 워렌 비티 ☞

그런가 하면 양자리는…

족쇄나 포승줄, 수갑 등을 풀거나 탈출 묘기로 세계적인 명성을 얻은 해리 후디니 (Harry Houdini)는 돈을 위해서라면 무슨 짓을 해도 좋다고 각오할 만큼 배가 고픈 어린 시절을 보냈으나, 양자리 태생다운 기질을 살려 결국 정상에 올랐다. 일에 대한 남다른 열정과 두려움을 모르는 대담성으로 무장한 그는 멈춰야 할 때를 몰랐던 것 같다. 그가 죽은 것은 숫양다운 허장성세 때문이었다. 파티에서 힘을 과시하느라 배를 내밀고 쳐 보라고 하다가, 준비가 안 되어 있을 때 얻어맞고 말았다. 그것으로 인해 복막염이 걸려 죽게 된 것이다. 평상시에도 그는 자신을 과신하여 밤늦게까지 과로하곤 했다. 해리의 경우처럼 양자리는 멈출 줄을 모르는 것이 탈이다. 느긋하게 즐길 때는 즐길 줄도 알아야 한다. 지칠 줄 모르고 밀어붙이다가 과로로 건강을 해칠 염려가 크다.

빈센트 반 고흐는 양자리 태생에게 잠재된 창조적인 능력의 소유자였다. 그는 양자리 태생답게 생동감 넘치는 색깔로 독특한 그림을 그렸다. 소문에 의하면 그는 재능을 인정받지 못한 것을 비관하여(생시에는 단 한 점의 그림도 팔리지 않았다) 정신병에 걸렸다고 한다. 분노의 광기가 발동하여 자기 귀를 자르기도 했다. 양자리 태생의 얼굴 뒤에는 이런 식의 걷잡을 수 없는 분노가 감추어져 있을 수 있다. 행운이 왔을 때 붙잡을 수 있으려면, 당신 자신에 대한 믿음을 잃지 않아야 한다.

이렇게 마음을 다잡아라

터무니없이 돌진하는 기질을 제어하는 것이 성공의 열쇠이다. 당신이 얻고자 원하는 바에 초점을 맞추고, 이미 그것이 이루어진 것처럼 생생하게 그림을 그려라. 꿈이 마침내 이루어졌을 때는 어떤 기분일까? 당신은 어떤 옷을 입고 있을까? 주변 풍경은 어떻게 달라질까? 당신의 야망이 이루어지기까지 당신은 어떤 길을 걸었는가? 그런 그림을 생생하게 그리는 것이 대단히 유용하다. 탁월한 성취를 이룬 사람들은 예상되는 시나리오에 대한 그림 그리기를 아주 잘한 사람들이라고 한다. 성공의 비결은 이제 당신 손에 쥐어져 있나.

황 소 자 리 TAURUS

4월 21일 ~ 5월 21일

별자리의 특성

키워드	결단력, 안정성, 관능, 요리
지배 행성	금성 – 사랑의 여신
강점	가정적임, 디자인, 자기관리, 경영, 타고난 재능
약점	게으름, 방종, 탐욕, 무게를 잡음

어떤 별자리든 저마다 타고난 특별한 재능과 기술을 가지고 있어서, 그것을 살리기만 하면 행운을 불러들일 수 있으며, 원하는 바를 이룰 수 있다. 황소자리 태생에 주어진 좋은 점은, 원하는 바를 향해서 우직하게 밀고 나가는 추진력이다. 당신은 충성심과 관능성을 동시에 지니고 있다. 이런 점들로 인해 다른 사람들에게 강한 인상을 남겨 경쟁자들을 물리치고 선택받을 수 있으며, 이런 점은 직업 분야에서 특히 그렇다.

그러니 원하는 모든 것을 얻기 위해서 애쓰는 당신을 무엇이 멈춰 세울 수 있을까? 행운의 여신은 스스로 애쓰는 사람을 비에 젖게 내버려두지 않는다. 하지만 당신은 새로운 것에 대해 본능적인 두려움을 갖고 있다. 규칙적인 생활을 좋아하고, 안정을 지향한다. 머뭇거리다가 기회를 잡지 못하는 경우가 생기는 것은 그 때문이다. 직장도 좀처럼 옮기지 않는다. 행운을 잡기 위해서는 늘 익숙한 것에만 매달리고 의존할 것이 아니라 직관에 귀를 기울이는 법을 배워야 한다. 당신은 누구도 멈춰 세울 수 없는 힘 센 황소라는 것을 늘 기억하도록 하라. 망토를 입은 투우사과 맞대결을 하지 않는 한, 당신의 두려움 말고는 그 어느 것도 당신을 주저앉힐 수 없다.

야성과 어깨를 나란히 하고 걸어라

잠재적인 능력을 어떻게 해야 최대로 발휘할 수 있을까? 어떻게 해야 꿈을 실현할 수 있도록 신들의 관심을 끌어낼 수 있을까? 당신이 진정으로 원하는 것이 무엇인지를 먼저 결정해야 한다! 머릿속에 존재하지도 않는 것이 어떻게 실현될 수 있겠는가.

당신의 가정이라든가 연인에 대해서 생각해 보라. 변화되기를 바라는 것이 있는가? 당신은 새로운 환경을 그다지 바라지 않기 때문에 오막살이라도 좋다는 주의일 수도 있고, 토끼 같은 아내와 자식들에게 대단히 만족하고 있을 수도 있다. 하지만 기억하라, 정이 들면 노여움도 생기는 법이다. 지금 당신의 삶을 한번 돌아보라. 살고 있는 곳에 대해서는 만족하는가? 사랑하는 사람에 대해서는 불만이 없는가? 미래에 원하는 바는 무엇인가? 꿈이 있어야 실현될 가능성도 있는 법이다. 그러니 먼저 꿈을 가져라! 하지만 긴장할 것은 없다. 당신은 이 모든 것을 장악할 능력을 가지고 있으니까. 어느 정도의 속도로 꿈을 향해 나아갈 것인지를 결정하라. 당신에게는 마음속으로 원하는 것은 무엇이든 실현시킬 수 있는 능력이 있다는 것을 잊지 말라. 마음을 가라앉히고 내면으로 들어가서 어떻게 행운을 거머쥘 것인지 그 방법을 결정하라.

배우가 되거나 화가가 되기를 원하는가? 황소자리 태생의 능력이 그런 재능을 최대한으로 꽃피게 해줄 것이다. 당신에게는 꾸준히 밀어붙이는 끈기가 있고, 하고 있는 일을 사랑한다면 언제까지든지 하고 싶어한다. 무엇이든 일을 하지 않고는 못 배기는 기질을 십분 활용하여 행운을 당신의 것으로 끌어들이도록 하라.

행운의 보석

에메랄드는 사랑을 보호하고 돈을 끌어들이는 데 탁월한 힘을 가진 보석이라고 알려져 있다. 하지만 이 마법의 보석이 끌어들일 수 있는 것이 정해져 있는 것은 아니다. 에메랄드는 에너지의 중심인 가슴 차크라(우주 에너지 통로이자 관문이며 인간의 생명을 유지하고 활용하는 중요한 에너지의 중추)와 공명한다. 에메랄드를 쥔 손을 가슴 위로 가져가서 과거의 상처를 치유하고, 새로운 사랑에 마음을 열도록 하라.

흔히 석영이라고 불리는 **마노석**(瑪瑙石) 또한 당신에게 행운을 가져다주는 보석이다. 값이 싸면서도 밝은 기운을 주는 아름답고 멋진 돌이다. 안에는 초록색의 이끼 같은 것이 스며 있지만 겉은 투명하게 반짝인다. 아메리카 원주민들은 이 돌을 매우 아낀다. 당신의 마음을 안정시켜 주고 에너지에 조화를 가져다줄 것이다.

행운의 색깔 LUCKY COlORS

옅은 파랑색과 핑크가 당신의 색깔이다. 그것은 당신이 태어나자마자 이 색깔을 가장 먼저 보았기 때문인데, 그만큼 황소자리 태생은 습관에 길들여지기 쉬운 사람들이다. 파랑은 의사소통의 색깔이다. 파랑색은 목에 이상이 있을 때 도움을 준다. 목 안과 주변이 밝은 파랑색으로 물들어 있는 것을 상상하면 의사소통에 도움을 주고, 목의 통증도 가라앉혀 준다.

초록색 또한 당신에게 행운을 가져다준다. 황소자리 태생은 훌륭한 정원사이고, 식물 재배에 타고난 재능을 갖고 있다. 채소나 나무를 심고 가꾸고 바라보면 스트레스 해소에 엄청난 효력을 발휘한다. 또한 눈의 피로를 덜어주고, 두통을 감소시켜 준다. 침실을 초록색으로 칠하면 편안한 휴

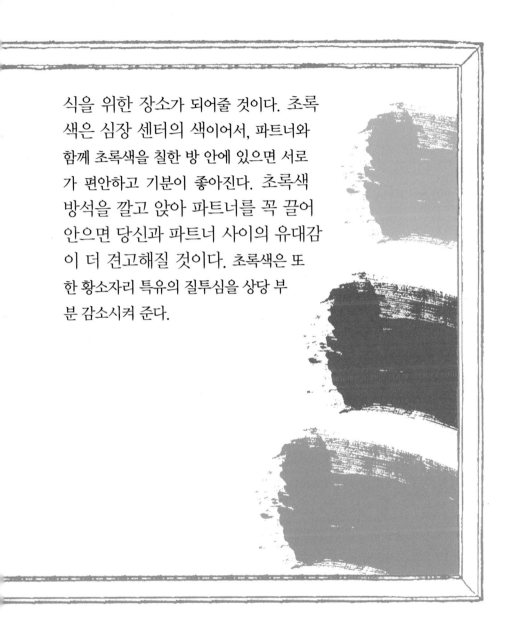

식을 위한 장소가 되어줄 것이다. 초록
색은 심장 센터의 색이어서, 파트너와
함께 초록색을 칠한 방 안에 있으면 서로
가 편안하고 기분이 좋아진다. 초록색
방석을 깔고 앉아 파트너를 꼭 끌어
안으면 당신과 파트너 사이의 유대감
이 더 견고해질 것이다. 초록색은 또
한 황소자리 특유의 질투심을 상당 부
분 감소시켜 준다.

너그러움을 배우라

당신의 소유욕은 지나친 데가 있으므로 단단히 경계해야 할 필요가 있다. 다른 사람들이 당신의 소유욕을 알게 되면 당신을 대하는 태도가 조금쯤은 달라질 것이기 때문이다. 그런 욕심이 충성심에 적용될 경우에는 대단한 장점으로 변하지만, 다른 사람들의 지위나 물건을 탐내는 것으로 변할 수 있다. 그런 욕심은 당신 자신과 타인의 성공을 방해하지 않는 경우에만 발휘되어야 한다는 점에 유념하라. 어떤 것(혹은 어떤 사람)을 소유하기를 원한다는 것은, 우주의 섭리에 따라 당신이 필요로 하는 것은 무엇이든 언제나 제공된다는 것을 믿지 않는다는 반증이다. 좋은 물건이나 사람들에 너무 집착함으로써 결국엔 다 잃고 마는 경험을 할 수도 있다. 그런 집착에서 벗어나라, 그러면 당신이 가진 무한한 생명력에 눈뜰 수 있을 것이다. 당신이 원하는 것은 무엇이든 마땅히, 자연스럽게 실현시킬 수 있는 능력을 갖게 될 것이다.

당신은 돈을 모으고, 유지(이 점이 특히 중요하다)할 수 있는 굉장한 능력 또한 갖고 있다. 탁월한 재산 관리 능력을 가지고 있으며, 좋은 것들을 떠받드는 경향이 있어서 그런 것들이 무엇인지 잘 알고 있다. 당신은 마치 다람쥐처럼 비상시에 대비하여 쓸 것들을 몰래 저축해 둔다. 이렇게 본능적으로 감추어 두고 쌓아 두는 습성은 나이가 들어감에 따라 당신을 더욱 더 부자로 만들어 줄 것이다.

행운을 가져다주기도 하지만 때로는 빼앗기도 하는 한 가지 기질이 있는데, 그것은 당신의 완고함이다. 그것을 현명하게 활용하는 법을 배워야 한다. 당신의 완고함을 당신의 강점으로 변형시키라. 감정적인 측면에서의 고집 센 완고함은 전혀 유익함이 없다. 당신의 반려자가 당신의 고집에 두 손 두 발 다 든다면, 그것은 정당하지 못한 전술로 싸움에서 이긴 것이나 다름없다. 인간관계에서는 고집 센 당신의 기질을 버려야 한다. 하지만 당신의 목표를 달성하기 위한 고집이나, 정해진 시간에 명상을 한다든가 정리 정돈하는 습관 등에서의 고집은 얼마든지 발휘해도 좋다.

황소자리에게 좋은 점 한 가지는 놀라울 정도의 스태미나를 지닌 멋진 연인이라는 사실이다. 애무하는 당신의 손끝을 느낀다면 누구라도 당신에게 너그러워지지 않고는 배길 수 없을 것이다. 이렇게 매력적인 요소를 십분 발휘하는 것은 물론 좋은 일이다. 하지만 당신 스스로 너무 힘들지 않도록 하라. 당신은 아무리 나쁜 짓을 해도 밉게 보려야 밉게 볼 수 없는 존재일 수 있지만, 거기에서 더 나아가서 기왕이면 가장 멋진 황소가 되어야 하지 않겠는가?

당신은 스태미나가 강한 사람이어서 아무리 나쁜 상황이라도 반전시킬 수 있다. 그러니 보다 긍정적인 사고방식의 소유자가 되는 데에도 그런 끈기를 발휘하도록 하라. 너무 거칠고 완고했던 점에 대해서 사과를 한다는 작은 목표부터 세우라. 황소고집으로 일관했다면, 판에 박힌 그런 생활 태도에서 벗어나 보라. 당신은 얼마든지 달리 살 수 있고, 새롭게 창조한 나날들은 당신이 좋아하는 실내화를 신고 있는 것처럼 아늑할 수도 있다. 목표를 정하기만 하면 당신은 여느 다른 별자리 태생보다도 더 나은 자리를 차지할 수 있다. 그러니 실패에 대한 생각일랑은 어서 떨쳐 버리고, 지금 당장 시작하도록 하라.

별자리 어드바이스

유연성을 배우도록 하라. 더 유연한 태도를 가진다면, 당신은 거의
완벽에 가까운 사람이 될 수 있고, 꿈같은 삶을 살 수 있게 될 것이다. 중요한
상황에 부딪힐 때는 조금만 자세를 낮추고, 다른 사람의 입장이 되어 생
각해 보라. 무엇에든지 고정관념을 갖지 않도록 하라. 삶에서 일
어나는 모든 문제는 당신에게 새로운 눈을 뜨게 해주는
선물일 수 있다. 저항하고 밀어붙이는 대신, 다른
방식으로 서로 통할 수 있는 방법을 모색하
고 흐름에 따르면서 서로 협력할 수 있도록 애
쓰라. 조금만 유연성을 획득한다면 즉각적인
보상이 주어진다는 것을 알아차리게 될 것이다.

행운의 숫자 LUCKY numbers

황소자리에게 행운의 숫자는 6, 4, 12, 22이다. 하지만 당신은 당신에게 특별한 행운을 가져다주는 숫자 자체가 아니라, 그 숫자만큼의 물건을 가지려고 집착할 것이다! 긍정적인 믿음이 행운을 창조한다. 따라서 당신에게 행운을 가져다준다고 느껴지는 이런 숫자들을 기억하고, 고수하려고 하라. 당신은 (가끔씩 복권을 사긴 하지만) 도박성이 강한 편은 아니다. 왜냐하면 당신은 확실한 것을 좋아하기 때문이다. 하지만 도박에 한번 물들기 시작하면 걷잡을 수 없이 내리막길을 달리게 된다. 도박 또한 나쁜 습관이어서 익숙한 것에 안전성을 느끼는 당신은 각별히 조심해야 한다. 어떤 것에 한번 맛을 들이기 시작하면 벗어나기가 거의 불가능하다. 거기에서 벗어나야겠다고 당신 특유의 황소고집을 발휘하지 않는 한.

황소자리의 행운아

미국의 팝송가수이자 영화배우인 쉐어(Cher)와 바브라 스트라이샌드만 보더라도 황소자리가 무엇인가에 열중하면 얼마나 오래도록 미치게 빠질 수 있는지를 잘 알 수 있다. 두 사람은 음악계를 장식한 스타일뿐 아니라 정상을 오래도록 지키고 유지하는 황소자리 특유의 기질을 잘 보여주는 여성들이다. 세월이 흘러도 두 사람은 지칠 줄 모르고 일 속에 파묻혀 지내고, 점점 더 좋아진다. 쉐어의 얼마 전 앨범은 대단히 성공적이었으며, 바브라의 콘서트는 티켓 값이 아무리 비싸도 만원사례를 이루는 것으로 유명하다.

펑키 소울의 대부 제임스 브라운도 영광의 정상에서 내려올 줄 모르는 황소자리 중 한 명이다. 역시 황소자리 태생인 윌리엄 셰익스피어는 세상에서 제일가는 작가라기에 손색이 없다. 당신이 황소자리이고 지금 그럴듯한 어떤 자리를 차지하고 있다면, 그 무엇도 당신을 쓰러뜨릴 수 없을 것이다. 함께 일하는 사람들은 성실하고 충직한 당신을 기억할 것이고, 존경할 것이고, 당신이 정상을 지키도록 도울 것이다. 당신은 당신과 수준이 엇비슷한 사람들과 어울리기를 좋아하고, 유대감을 즐긴다. 이것은 대단한 자산이다. 하지만 윗사람에게는 잘하고 아랫사람에게는 못되게 굴지 않도록 주의할 일이다!

황소자리 태생으로서 이렇게 잘 알려진 사람들을 역할 모델로 삼아 당신 자신의 가능성을 의심하지 않고 나아가도록 하라.

🐦 아직도 정상의 자리를
굳건히 지키고 있는 쉐어

그런가 하면 황소자리는…

악명 높은 아돌프 히틀러가 황소자리 태생이다. (그가 양자리 태생이라고 말하는 점
성술가도 있지만, 이는 잘못된 것이다.) 히틀러는 황소자리 특성이 유달리 강한 사람
으로, 황소자리의 과대망상증이 얼마나 심해질 수 있는지를 잘 보여준다. 극단적
인 파괴를 불러오는데도 자신들의 고집을 굽히지 않는 폭군들 중에는 황소자리가
유난히 많다. 자제심을 발휘하지 않으면 당사자는 물론 주변 사람들까지 하루아침
에 추락할 가능성이 있다. 히틀러는 황소자리의 나쁜 본보기이지만, 그의 완고함
과 굽힐 줄 모르는 신념은 아무리 부인하고 싶어도 부인할 수가 없는 황소자리 특
유의 기질임이 분명하다. 그러니 황소자리 태생은 너무 독단적이 되지 않도록 주
의할 일이다. 당신의 시야를 넓히고, 모든 사람을 평등하게 받아들여라. 어떠한 상
황이든 당신 마음대로 좌지우지하려고 하지 말라.

이렇게 마음을 다잡아라

당신의 가장 큰 장점 중 하나는 굽힐 줄 모르는 불굴의 의지이다. 당신은 어떤 것을 믿게 되면 물불을 가리지 않고 그것을 향해 돌진한다. 낡은 방식을 고집하면서도 끝까지 밀어붙여 성공할 수 있는 자질을 갖고 있다. 이루고 싶은 꿈이 있다면 그것이 이루어졌을 때의 모습이 어떠할지 그려 보고, 그것을 이루기 위한 계획을 자세하게 적어라. 커다란 종이 위에 보물지도를 그리는 것이다. "보물(당신이 원하는 바)"을 손에 넣기 위한 여행 계획을 짜라. 당신을 목표하는 바에 도달하게 해줄 것들을 행함에 따라 지나가게 될 장소를 체크하라. 이렇게 마음에 그림을 그림으로써 목표를 이루기 위해 더욱 더 집중할 수 있다.

Ⅱ

쌍둥이자리 *gemiNi*

5월 22일~6월 21일

별자리의 특성

키워드	유연성, 능란함, 사고력, 글쓰기, 지배력
지배 행성	수성 – 커뮤니케이션의 신
강점	우아함, 창조력, 컴퓨터, 홍보
약점	변덕스러움, 피상적임, 거짓말, 불성실

쌍둥이자리 태생인 당신은 행운이란 것을 믿는가? 그렇기도 하고 그렇지 않기도 할 것이다! 쌍둥이자리 태생은 어떤 이야기이든 양쪽 면을 다 보고, 거기에 내포된 것들을 이해할 수 있다. 합리적인 마음의 소유자인 당신은 과학적이고, 이성적이고, 대단히 실용적으로 삶에 접근한다. 그래서 진화론의 신봉자이기가 쉽다. 한편 쌍둥이자리의 마음 깊은 곳에는 예리한 지성에서 기인하는 본능적인 직관력이 자리한다. 번개처럼 판단을 내리고, 쉽사리 마음을 바꿔서 백만 분의 일 초도 안 되어 삶의 다음 단계로 넘어간다.

당신의 행운은 뜻하는 바대로 삶을 변화시킬 수 있는 능력에서 나온다. 어떤 것을 하겠다고 마음만 먹으면 즉각 의지력을 발동시키고, 변화를 두려워하지 않는다. 지적인 도전과 변화를 사랑하는 이런 능력은 다른 별자리 태생에게서는 좀처럼 찾아보기 어려운 것이다.

당신은 아이였을 적에, 디스코 풍의 옷을 입었다가 다음 순간에는 펑크록 풍의 옷으로 갈아입었던 경험이 있지 않은가? 쌍둥이자리 태생은 삶의 다양한 측면을 경험하고 맛보기를 즐겨 한다.

사회적인 동물

어디를 가나 영향력 있는 인사인 당신은 홍보 분야에서 활약하기에 적합한 기질을 갖고 있다. 수다 떨기를 좋아하고, 사람의 마음을 끄는 매혹을 지니고 있다. 당신 주변에는 사람들이 모여들 것이고, 위트 넘치는 당신에게 끌릴 것이다. 이를 십분 활용하여 인간관계의 토대를 쌓도록 하라. 파티나 쫓아다니면서 시간만 죽이지 않도록 마음을 써라. 행운은 우연히 다가올 것이다. 당신이 작년에 참석했던 지루한 모임에서 메모해 두었던 전화번호 하나가 완벽한 거래를 성사시키는 기회가 될 수 있다. 커뮤니케이션의 재능이 있는 당신에게는 행운이 언제나 따라다닌다고 할 수 있다.

당신은 음악계의 경향 파악에 탁월한 재능을 보일 수도 있고, 이제 막 지평선에 떠오른 새로운 사조에도 민감하다. 이런 재능은 말로 표현할 수 없는 보상을 가져다줄 수 있다. 그러한 지적인 능력과 민첩함을 발전시키면 당신에게 많은 보탬이 될 것이다. 쌍둥이자리들에게는 글쓰기 또한 매력적인 분야이다. 토머스 하디에서부터 제임스 본드 시리즈로 널리 알려진 이안 플레밍까지 유명한 작가들 중에는 쌍둥이자리가 유난히 많다. 이런 관심을 잘 살리면 단순한 취미가 의외로 돈벌이 수단이 될 수도 있다. 당신의 지배 행성은 수성으로, 커뮤니케이션의 행성이다. 따라서 쌍둥이자리에게는 커뮤니케이션의 모든 분야가 잘 맞는다. 컴퓨터를 하거나 전화로 이야기를 하는 데에 놀랄 만한 테크닉을 가질 수도 있다. 잘 체크해 보고 그런 테크닉을 구축하도록 하라.

행운의 보석

당신에게 가장 잘 맞는 보석은 **마노석**이다. 마노석은 푸른 줄무늬가 있는 것(이는 진리를 추구하게 하고 언어 표현 능력을 함양한다)에서부터 물방울 무늬가 있는 것(이는 즐거움과 안정감을 준다)에 이르기까지 여러 종류가 있다. 로마 시대에는 마노석이 행운을 가져다준다고 믿어져서 지니고 다니는 사람들이 많았다. 오늘날에는 여러 가지 용도의 부적으로 쓰인다.

장미석영은 가슴 차크라를 열게 하여 당신의 감정을 어루만져 준다. 상처 받은 마음의 치유를 도와주고, 전설적인 사랑의 돌로서 당신에게 사랑을 끌어당겨 줄 수 있을는지도 모른다.

호박(琥珀)은 실제로는 나무의 진이 응고된 것이지만 보석으로 여겨지는 경우가 많다. 이 보석은 대지에 두 발을 내딛고 서 있는 듯한 안정감을 준다. 또한 부정적인 에너지를 씻어 주어 맑은 정신을 갖도록 도와 준다.

날카롭고 예민한 센스를 지닌 당신은 기회나 행운이 올 때를 잘 알아서 놓치지 않는 경향이 있다. 스무 걸음쯤은 앞서서 볼 수 있는 예지 능력도 있다. 하지만 삶은 늘 기회로 넘쳐난다는 이상적인 생각 때문에 스스로 기회를 놓치는 경향도 없지 않다. 어떤 것에 몰두하다가도 쉽게 싫증을 내어 곧장 다른 흥미로운 것을 찾아서 떠나 버린다. 이런 예측불능의 기질 때문에 인생의 막다른 골목으로 몰릴 수도 있다. 삶에는 사실 많은 기회가 놓여 있다고 할 수 있지만, 진행 중인 프로젝트를 끝까지 밀어붙이는 것이 여러 모로 크게 유익하다. 기초를 단단히 구축하고 계획을 철저히 세우는 것이, 당신이 원하는 바를 성취하도록 도와줄 것이다.

당신은 인간 정신의 탐험가이다. 그러니 당신 자신의 사고 패턴을 잘 살펴보아야 한다. 당신 자신과 당신의 두뇌는 어떤 연결고리를 갖고 있을까? 당신은 친절한 사람인가? 건강하고 긍정적인 내면의 대화를 하고 있는가, 아니면 스스로를 힘들게 하고 있는가? 당신의 내면의 목소리를 치유하는 데에 시간과 에너지를 쓰라. 그것이 당신의 에너지를 북돋워 주어, 당신을 성공으로 이끌 것이다.

행운의 숫자 LUCKY numbers

쌍둥이자리에게 행운의 숫자는 3, 6, 33, 그리고 15이다. 쌍둥이자리
태생은 대개 숫자에 밝고 민감하다. 숫자를 알아맞히기도 잘 하고,
카드 게임에서 어떤 숫자가 나올 것인지도 직감으로 알아차릴 때가
많다. 놀라운 기억력을 뽐내길 좋아하고, 물병자리를 제외하고는 어
떤 별자리보다도 숫자를 잘 다룬다.

행운의 색깔 LUCKY COlORS

노랑은 자존심과 에고를 대표하는 태양신경총 차크라의 색깔이다. 쌍둥이자리는 노랑과 깊은 관련이 있기 때문에, 이 색깔에 대해서 잘 알고 있어야 한다. 노랑은 지적이고 정신적인 활동과도 관계된다. 평소에 머리를 너무 써서 에너지가 늘 두뇌로 몰려 있는 사람이라면, 방을 노란색으로 칠해서는 안 된다. 노란색은 두뇌 활동을 더욱 더 촉진하는 색깔이기 때문이다.

무지개 색을 마음 놓고 사용해도 좋은 별자리는 쌍둥이자리뿐이다. 이것은 아마도 쌍둥이자리 태생들이 마음이 모질지 못하고 변화를 즐기기 때문일 것이다. 무지개는 당신에게 중요한 상징이며, 당신이 장차 황금 항아리를 발견하게 되리라는 것을 상기시켜 준다!

놀라울 정도로 관심의 폭이 넓은 당신은 무지개 색으로 장식한 서재나 창작실을 가진다면 크게 도움을 받을 것이다. 사방의 벽을 구획으로 나누든지, 줄무늬로 나누든지 하여 여러 가지 색깔로 칠하도록 하라. 당신에게 영감을 주는 예술 작품들을 찾아내어 장식하거나, 당신 자신의 작품을 가지고 장식을 시도해 보라. 작은 아파트에 산다고 할지라도 자신의 끼를 마음껏 발산할 수 있는 공간이 필요하다. 그러니 어느 한 구석을 무지개 색으로 꾸미든지, 커다란 가방 하나에 그림이나 다이어리, 깔개, 사진, 음악 CD 등을 넣어두어 스트레스를 받을 때마다 열어 보고 자극을 받도록 하라.

당신은 가볍게 산책하듯이 사는 사람

산책하듯이 살아가는 쌍둥이자리 태생들은 쉽게 말해서 놀 줄 아는 사람들이다. 때로는 화살을 든 큐피드가 당신의 어깨 위에 내려앉기도 할 것이지만, 당신 스스로 마구잡이로 지나가는 사람들을 향해 화살을 날리기도 할 것이다. 그럼으로써 폭풍우가 지나가듯이 감정에 휩쓸리기도 한다. 한 순간엔 꿈속의 연인을 만났다고 좋아하다가 다음 순간엔 개꿈이었다고 실망하는 일도 적지 않다. 사랑의 맹세를 했다가도 쉽사리 흥미를 잃어버려서 당신의 명예를 금 가게 할 과거의 연인들이 뒤에서 당신을 흉보고 있을 수 있다. 당신은 확실히 사랑의 자석을 지니고 있는 것처럼 사람을 끌어당긴다. 날개 달린 메신저인 수성의 도움을 받기 때문이다.

당신이 입을 열면 사람들은 귀를 기울인다. 예리한 지성의 소유자인 당신은 다른 사람의 말을 끝까지 듣지 않고 가로채는 경향이 있는데, 필요할 때는 잠자코 경청하는 법을 배워야 한다. 지겨운 것을 참지 못하고 불평불만을 쏟아낼 때도 있는데 친절하고 관대한 당신에게는 어울리지 않는 일이다. 당신은 언어적인 재능이 뛰어나기에, 이를 주의 깊게 사용하기만 하면 사람들에게서 좋은 평판을 끌어낼 수 있을 것이다. 그것은 결코 어려운 일이 아니면서도, 주변에 좋은 카르마(業, 정신과 물질의 모든 영역을 포괄하는 인과법칙)를 형성시켜 준다! 당신은 세상과도 사이좋게 교류를 할 수 있는 능력이 탁월한 것이다. 대화하는 방법을 배우고 연구하라. 당신이 인생에서 터득해 온 것들을 표현하는 법을 배우라. 당신은 그 결과에 놀라게 될 것이다!

별자리 어드바이스

당신의 감정을 분석하려고 들지 말라. 가슴으로 느끼는 것을 중시하라. 감정에 빠져 헤어나기 어려울 때는 슬픈 영화를 보든지 영혼을 흔드는 감동적인 음악으로 기분 전환을 시도하라. 머리와 가슴 사이의 적절한 조화와 균형을 유지함으로써 당신은 훨씬 더 밝은 인생길을 걷게 될 것이다. 지나치게 분석하려고 들지 말고, 빙빙 맴도는 생각 속에서 헤매지 말라. 당신의 풍부한 감성 또한 당신의 광범위한 지성만큼이나 가치가 있는 것이다.

쌍둥이자리의 행운아

흑인 여배우로는 최초로 아카데미 상을 받은 할리 베리는 지칠 줄 모르는 쌍둥이 자리 태생이다. 그녀는 엄청난 핸디캡을 극복하고 미국의 톱스타로 떠올랐다. 그녀는 정신과병동의 간호사인 엄마 손에서 자라났다. 아버지는 자주 집을 비웠고, 그녀의 엄마는 그녀에게 심한 학대를 일삼은 것으로 알려져 있다. 고교 시절에는 친구들로부터 내내 조롱을 받고 왕따를 당했다. 댄스파티의 여왕으로 뽑혔을 때는 소동을 진정시키기 위해 백인 학생과 영광을 공동으로 나누지 않으면 안 되었다. 남자친구 한 명은 그녀를 심하게 구타하여 지금도 한쪽 귀의 80%를 사용하지 못한다. 그처럼 그녀는 늘 인간관계로 고민해야 했다.

그럼에도 할리는 전혀 굴하지 않았다! 그녀의 쌍둥이별은 기운차게 솟아올랐고, 〈말라리아〉 같은 영화에서 열연하여 전 세계 사람들의 심장에 불을 지폈다. 2002년 아카데미 최우수 여우주연상의 영예를 거머쥐었지만, 거기에서 멈추지 않고 계속해서 새로운 연기를 시도하고 있다. 그처럼 쌍둥이자리는 항상 새로운 것에 열중하고, 삶을 다양한 관점에서 바라보는 보기 드문 재능을 가지고 있다. 자신의 길이라는 것을 확신할 수 있을 때까지는 새로운 분야에 대한 노크를 게을리하지 않는다. 그러니 쌍둥이자리들이여, 결코 포기하지 말라. 누가 어찌 생각하든 당신의 재기발랄함이 빛을 볼 날이 올 테니까.

여배우이자 가수이고 댄서인 조세핀 베이커는 삶의 파도를 타고 명성을 얻었다. 그녀의 재능, 미모, 인간애는 그녀를 우뚝 서게 만들었다. 제2차 세계대전 중에

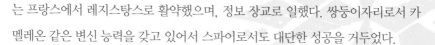

는 프랑스에서 레지스탕스로 활약했으며, 정보 장교로 일했다. 쌍둥이자리로서 카멜레온 같은 변신 능력을 갖고 있어서 스파이로서도 대단한 성공을 거두었다.

또한 조세핀 베이커는 수성이 갖고 있는 카리스마를 음악과 사회운동에 접목시킴으로써 많은 이들로부터 찬사를 받았다. 화가인 알렉산더 칼더의 모델로도 활약했으며, 국적이 다른 열두 명의 아이들을 입양하고 "무지개 가족"이라고 불렀다. 탁월한 커뮤니케이션 능력을 정의를 위해 싸우는 데에 바쳐, 흑인들의 평등권 운동에서도 맹활약을 했다.

흑인 여배우 최초로
아카데미상을 수상한 할리 베리

그런가 하면 쌍둥이자리는…

이사도라 덩컨은 전형적인 쌍둥이자리이다. 그녀는 자신이 살던 시대를 훨씬 앞질러 갔다. 격동의 20세기를 살면서 자신만의 비전으로 모던 댄스를 창조해낸 그녀는 그토록 창조적이고 독자적인 춤사위를 빅토리아 시대에서 영감을 받아 탄생시켰다고 한다. 이런 업적은 아마 쌍둥이자리였기에 가능한 일이었을 것이다. 그녀는 평생 동안 전통적인 인습을 거부했다. 결혼이라는 것을 일종의 감옥이라고 생각했으며, 자유연애를 하여 배다른 두 명의 자녀를 가졌다. 또한 자유와 모험을 사랑하는 그녀의 수성 기질은 유럽과 미국에 독자적인 댄스 학교를 설립하게 했다.

쌍둥이자리의 자유로움과 독창성 덕분에 그녀는 사랑으로 가득찬 눈부신 삶을 살았지만, 한편으로는 큰 비극을 경험하기도 했다. 그녀의 명성이 절정에 이르렀을 무렵 자동차 사고로 두 아이와 유모를 태운 차가 센 강으로 추락하여 죽게 되는 슬픔을 겪은 것이다. 그 슬픔에서 벗어나고자 더욱 더 일에 열정을 쏟아 부어 천재로 인정을 받은 이사도라는 여섯 명의 아이들을 입양했으며, 그들에게도 역시 춤을 가르쳤다.

그녀의 죽음은 그녀의 삶만큼이나 극적이었다. 그녀는 늘 긴 스카프를 매고 다녔는데, 차를 타고 파리 시내를 달리다가 스카프가 뒷바퀴에 말려 들어가 목이 졸려 사망했다. 이제 그녀는 가고 없지만 인위적인 기교를 거부하고 자연스런 움직임을 중시한 그녀의 춤은 현대 무용에 살아남아 계승되고 있다.

이렇게 마음을 다잡아라

당신은 옆길로 새고 싶은 유혹을 느끼곤 한다. 천재적인 아이디어와 빛나는 사고력을 지닌 당신은, 이 생각 저 생각이 번뜩이는 바람에 정작 어느 대목을 발전시켜야 할지 결정하지 못하는 경향이 있다. 어떤 생각이든 기록하는 습관을 가져라. 계획을 확실히 세우고 그 계획에 따라 살아가라. 그럼으로써 당신의 천재성은 열 배 이상 효력을 발휘할 수 있고, 여러 가지 개혁으로 행운을 거머쥘 수 있다. 당신의 무능력에 종지부를 찍을 수 있는 유일한 길은 끝까지 마무리를 잘 하는 데에 있다. 노트북이나 녹음기를 휴대하고 다니면서 보석 같은 생각을 흘리지 말고 기록으로 남기도록 하라. 반짝이는 머리를 십분 활용하는 것이 행운을 거머쥐는 지름길이다.

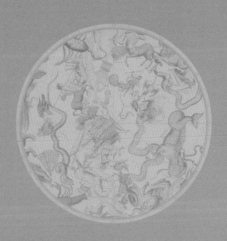

69

게 자 리

CANCER

6월 22일 ~ 7월 22일

별자리의 특성

키워드	사랑이 많음, 모성애, 양육, 돌봄
지배 행성	달 – 감정과 풍요의 여신
강점	가르침, 동반자 관계, 카운슬링, 요리
약점	불안정성, 조종당함, 도피, 억눌린 분노

운명은 게자리 태생에게 어떤 좋은 점을 선물로 주었을까? 게자리 태생은 좋은 양육자로서 아이들을 잘 돌보고, 사람들과 잘 지내며, 가정을 보호하고 사랑하는 능력이 탁월하다. 그런 것을 자질이라고 할 수 있을까? 말할 나위도 없이 그렇다. 분명히 그것들은 신의 선물임에 틀림없다. 그렇더라도 게자리 태생은 특히 어린 시절에 자신감을 상실하기가 쉬운데, 타고난 사랑이 많은 기질을 잘 활용하면 동요와 불안에 빠지지 않고 행운을 거머쥘 수 있다. 행운을 향해 먼저 마음의 문을 열지 않는다면, 어떻게 행운이 당신에게 들어갈 수 있겠는가?

예민한 당신은 최상의 재능을 타고났으며, 직관이 매우 발달되어 있다. 당신이 좋아하는 것을 하면서 하루하루 충실히 지낸다면 행복은 저절로 찾아온다. 그것을 이해하면 당신이 탁월한 능력을 발휘할 수 있는 분야는 굉장히 많다.

다른 이들을 사랑하듯이 당신 자신을 사랑하라

당신에게는 다른 사람들은 어머니처럼 보호하고 보살피면서도 당신 자신은 소홀히 하는 못된 습관이 있다. 그로써 창조성과 생명 에너지의 흐름이 끊길 수 있다. 당신은 변화를 두려워하면서 꽉 막혀 버린 일자리나 인간관계로 인해 속을 끓이고 무력감에 시달리기 쉽다. 딱딱한 껍질에서 기어 나와 더 즐겁게 사는 쪽으로 마음을 바꾸어야 한다. 당신이 원하는 것에 초점을 맞추고 행한다면 능히 그것을 차지할 수 있다.

당신이 잘 하는 것은 무엇인지 무엇을 좋아하는지 잘 살펴보라. 가정에 관련된 것은 무엇이든지 잘 보살피고 돌본다는 것을 확인할 수 있을 것이다. 그것은 당신의 운명에 보장된 것이다. 약간의 상상력만 발휘하면 당신은 이를 인테리어 디자인 등의 사업에 적용시킬 수 있다. 당신은 무엇이 멋지게 보이는지, 어떤 것이 더 아늑하고 포근하게 느껴지는지를 즉각적으로 알아차리는 탁월한 안목을 타고났다. 딱딱하고 멋대가리 없는 것을 누구나 쉽게 접근할 수 있는 느낌을 주는 매력적인 것으로 탈바꿈시킬 수 있는 재능도 있다. 당신이 만지는 것은 무엇이나 따뜻한 사랑의 온기가 돌게 된다. 당신은 집안에 발을 들여놓는 사람들에게 편안함을 느끼게 해주며, 다른 사람들은 그런 재능을 부러워하고 사랑하게 될 것이다.

당신은 또한 사람들과 아이들에게 카운슬러나 교사로서 대단한 역할을 할 수 있다. 예민한 직관력을 타고나서, 다른 사람이 어떤 문제를 갖고 있는지 기가 막히게 냄새를 잘 맡기 때문이다. 더 중요한 것은 이런 문제들을 사랑으로 해결해 줄

별자리 어드바이스

당신은 많은 행운을 타고났으면서도 지금까지 그것을 전혀 모르고 있을 수 있다. 당신에게 행운을 불러오는 열쇠의 하나는, 지난날의 일들에 연연해하지 않고 지금 이 순간을 사는 것이다. 과거의 잿더미를 뒤질 것이 아니라, 지금 당장 할 수 있는 일에 집중하라. 지금 이 순간 당신의 삶을 변화시키겠다고 마음을 먹는 것만으로도 절반은 이미 달성한 것이다.

수 있다는 점이다. 남는 시간에 이런 일을 하면서 다른 사람들의 말을 들어줄 수도 있지만, 도움을 필요로 하는 사람들을 가르치고 돌보는 일을 직업으로 삼을 수도 있다. 당신은 학생들이 편안하게 느끼는 훌륭한 선생님이 될 수 있다! 게자리 태생이 그런 일을 맡게 되면, 자신의 일을 사랑할 것이고, 그것이 성공의 디딤돌이 될 것이다.

신이 당신에게 부여한 또 하나의 탁월함은 요리 솜씨이다. 황소자리는 훌륭한 정원사가 될 수 있지만, 게자리는 훌륭한 요리사가 될 수 있는 것이다. 당신은 스스로도 먹는 것을 좋아할 뿐 아니라 사람들에게 맛난 음식을 대접하는 것도 좋아한다. 레스토랑을 열거나, 새로운 요리법을 창안할 수도 있다. 기막힌 샐러드 전문점을 세계적인 사업으로 만들 수도 있다. 사랑으로 요리를 하여 어느 누구도 흉내 낼 수 없는 솜씨를 그릇마다에 담아내는 것이다.

행운의 보석

월장석(月長石, 특정한 방향으로 푸른 빛을 내는 돌로, 닦으면 달빛을 연상시키는 빛을 냄)이 당신에게 딱 어울리는 돌이다. 그것은 당신이 분위기나 흐름을 잘 따를 수 있도록 조화와 균형감각을 일깨워 준다. 월장석은 다산(多産)의 능력이 대단하다. (그것은 달걀을 상징한다.) 그러니 임신을 원한다면, 이 돌을 지니고 다닐 일이다. 임신을 원하지 않는다면, 주의를 게을리하지 말라!

진주는 어떤 이들에게는 불운을 상징하지만, 당신에게는 행운을 가져다준다. 진주는 당신을 안으로 끌어당겨서 안전하다는 느낌을 선사해 준다. 당신이 진주를 착용하면 더욱 더 자신감이 생기는 걸 확인할 수 있을 것이다. 남자라면 소매 단추나 넥타이핀으로 진주를 달아 보라. 재정 상태가 나아지기를 바란다면 지갑에 넣고 다니면 효험이 있을 것이다.

행운의 색깔 LUCKY COlORS

크림색이나 하얀색 같은 부드럽고 엷은 색깔이
잘 어울린다. 당신의 지배 행성인 달을 닮은 색깔이기
때문이다. 바다색이라든가 초록색, 은색처럼 물과
관련된 모든 색이 당신과 잘 맞는다고도 할 수 있
다. 이런 색깔에 둘러싸여 있노라면 어깨의 짐이 덜어진
듯 마음이 가벼워질 것이다. 침실을 하얀색이나 크림색으
로 칠하고 하얀 린넨 시트를 깔면, 안정감과 함께 관능적
인 느낌을 준다. 당신은 은반지라든가 은팔찌 등을 좋아
할 것이다. 초록이나 파란색, 혹은 하얀색 돌도 당신에게
도움을 준다. 하얀 면옷은 아주 잘 어울릴 뿐만 아
니라 당신에게 자신감을 줄 것이다. 마음이 약해
지거나 상처받을 위기에 처했을 때는, 눈을 감고 은
은한 달빛 같은 것에 감싸여 있는 자신을 상상
해 보라. 당신의 오라(aura)를 보호해
줄 것이다. 당신은 다
른 사람의 감

정을 너무나 잘 알아차리기 때문에, 이렇게
밝은 은빛을 상상하는 습관을 들이는 것
이 좋다. 그렇게 하면 다른 사람의 감정
에 전염되어 자신의 기(氣)를 빼앗기는 일
을 막을 수 있다.

흘러가는 대로 내버려두라

게자리 태생은 여러 모로 축복을 받았다. 당신에게는 당신의 감각 기관을 보호해 줄 단단한 껍질이 있어서 거친 환경 속에서도 넘어지거나 다치지 않을 수 있다. 당신은 다른 사람들보다 훨씬 감수성이 예민하지만 그것이 당신에게 항상 행운으로 느껴지는 것만은 아니다. 단단한 껍질이 있는 것은 바로 그 때문이다. 감정이 풍부한 것과 보호본능을 잘 결합시키는 법을 배운다면 당신은 운명을 개선시킬 수 있는 훌륭한 장비를 갖춘 셈이다. 그렇게 되기 위해 최선을 다해야 할 것이다. 꿈을 실현시키려면 보다 실질적으로 당신을 도울 수 있는 사람과 의논하는 것이 필요하다. 어떻게 하면 그 모든 마법에서 벗어날 수 있을지, 사자자리 친구와 이야기를 주고받으려고 애쓰라.

당신의 민감한 감수성이 나쁜 것은 결코 아니다. 하지만 잊어먹을 것은 깨끗이 잊어먹는 것이 중요하다. 어떠한 상황에서든 긍정적인 점을 보고, 실패를 해도 괜찮다는 홀가분한 마음가짐을 가져라. 사람은 실패를 함으로써 더욱 더 나은 그림을 그릴 수 있게 된다.

과거에 대한 집착은 당신을 가로막는 장애가 될 수 있다. 이미 여러 해가 지난 일을 잊지 못한 채 오래도록 가슴에 담아두고 있을 수 있다. 하지만 오래 전 무도회에서 이성친구가 당신에게 춤을 청한 일을 곱씹으면서 아직까지도 얼굴을 붉혀야 할 필요가 있을까? 그럼에도 당신은 그 날 밤 일을 두고두고 곱씹는 경향이 있다. 이젠 그만 멈추라! 그것은 불행의 가면을 쓴 행복이었다!

게자리를 위한 팁

당신은 달의 주기에 많은 영향을 받는다. 달의 리듬에 당신 자신을 조화시키는 능력을 갖고 있다. 그럼으로써 당신의 에너지와 풍요를 증가시킬 수 있다. 음력이 표시된 달력을 구하여 달의 주기에 따라 당신의 기분이, 에너지가 어떻게 달라지는지를 관찰해 보라. 언제 기분이 좋아지는가? 초순 무렵인가, 보름 무렵인가? 보름달은 에너지를 충전시켜 준다. 보름 무렵에는 프로젝트를 추진하는 데에 가속도가 붙는다. 거기에 비해 초순은 새로운 프로젝트를 시작하기에 좋다. 소원이 성취되기를 비는 데에도 초순이 적절하다.

게자리의 행운아

실베스터 스탤론은 자선 병원에서 태어났다. 아버지는 이발사였고 어머니는 댄서였다. 게자리 태생답게 그는 수줍음 많은 소년이었다. 한때는 사자 우리를 청소하는 일을 했다. 그러다 배우가 되기로 결심하고 〈록키〉의 대본을 썼지만 계속해서 거절당했다. 마침내 그는 스스로 주연을 맡고 제작하기로 결심했고, 그가 거둔 성공은 전설이 되다시피 했다. 실베스터는 어머니와 매우 사이가 좋았다. 그의 어머니는 육감이 매우 발달한 사람으로 그의 성공을 앞질러 예견했다! 게자리 태생들은 대부분 어머니와의 연분이 깊다. 아주 가깝게 지내기도 하지만 때로는 한 맺힌 관계가 되기도 한다.

여러 차례 아카데미 상을 받은 톰 행크스도 전형적인 게자리 태생이다. 그는 매우 가정적인 사람으로 1988년 결혼한 리타를 숭배에 가까울 정도로 아끼고 사랑한다. 리타와의 사이에 네 자녀를 두고 있고, 가족과 함께 지내는 시간을 가장 우선순위에 둔다고 한다. 그는 게자리 태생으로서 최고의 성공과 행운을 거머쥐었다고 할 수 있다. 사랑하는 가족이 있고, 꿈을 실현시켜 주는 일이 있다. 카메라 앞에서든 일상에서든 행복에 겨운 사나이라고 해야 할 것이다.

좌절하지 않고 행운을 개척한
실베스타 스탤론

그런가 하면 게자리는…

미키 루크는 개 조련사와 건축공사장 인부 등의 여러 직업을 전전하다가 배우가 되는 길로 들어섰다. 논란이 많았던 〈나인 하프 위크스〉와 〈엔젤 하트〉로 성공을 거두었다. 잘생긴 외모와 강렬한 감정 연기로, 그가 점점 더 사람들의 마음을 사로잡을 거라는 사실은 의심할 여지가 없었다. 하지만 그는 이런 갑작스러운 성공을 제대로 소화할 수 없었던 것 같다. 게자리 태생은 (미키처럼) 힘든 나날을 보낸 전력이 있을 경우, 정서가 다소 불안하고 자신을 무가치하게 여기는 경향이 있다. 한참 잘 나가던 미키가 프로 권투선수의 길에 뛰어든 것은 이러한 불안정성과 자기 가치의 결여 탓이었다. 그는 그 세계에서는 결코 성공할 수 없었고, 유명인이라는 자신의 가장 큰 자산마저 엉망으로 구기고 말았다. 1980년대 가장 섹시한 남자의 한 사람으로 꼽혔던 유명세를 그는 분별없는 행위로 날려 버렸다. 게자리 태생에게는 중요한 한 가지 교훈을 남긴 셈이다. 줏대 없이 행동하지 말라. 당신은 재능을 부여받았다. 당신이 얻은 성취를 가치 있게 여겨라!

이렇게 마음을 다잡아라

물은 특히 당신을 부드럽게 어루만지고 달래주는 효과를 가진다. 바닷가나 시냇가에 머무는 것은 당신의 에너지를 즉각 끌어올려 주고, 마음을 편안하게 해준다. 마음이 동요되거나 스트레스가 생길 때는 흐르는 물가로 가서 지내도록 하라. 장애가 되는 것들이나 부정적인 마음가짐을 물에 떠내려 보내는 상상을 하라. 계곡물에서 래프팅을 하거나, 다이빙을 하라. 그저 물장구를 치면서 놀아도 좋다. 물속에서 노는 것은 어떤 것이든 당신의 기분을 붕 띄워 주고, 새롭게 해줄 것이다. 한번 해보라!

사 자 자 리 leo

7월 23일 ~ 8월 22일

별자리의 특성

키워드	충성스러움, 제왕처럼 당당함, 자부심, 카리스마
지배 행성	태양 – 개성의 신
강점	실천력, 기예, 목표 달성, 높은 이상
약점	거만, 건방, 무절제

사자자리 태생은 자신이 축복받았다는 것을 아는 몇 개 안 되는 별자리 중 하나이다. 당신은 타고난 자신감으로 자기 자신을 신뢰한다. 그러한 재능으로 말미암아 인생에서 큰 성취를 이룰 수 있다. 원하는 바가 무엇이든 거기에 닿을 수 있다.

당신은 자신이 특별하며 좋은 운명을 누릴 만한 가치가 있다는 것을 본능적으로 안다. 이러한 앎은 거만하게 보일 수도 있지만 행운을 가져오는 원천이 되기도 한다. 그럴 만한 가치가 있다고 믿는 일이 있다면, 당신은 성공을 거둘 때까지 정면으로 밀어붙인다. 자궁에서 나올 때부터 당신은 강한 자신감과 카리스마를 지니고 있었다. 그것을 의심하지 말라. 당신이 이 지상에 태어난 것은 그것을 보여주고 칭송받기 위해서이다. 하지만 그것을 당신의 머리끝으로까지 끌어올리지는 말라! 자신감과 거만함은 분명히 다르다. 그 차이를 알아야 한다. 자신감이 넘쳐서 거만함이 되어 버린다면, 당신은 삶의 파도를 유연하게 타지 못하고 거기에 휩쓸려 표류하게 될 것이다. 균형감각을 유지하라, 그러면 이루지 못할 꿈이 없으리라.

당신 역시 인간이기에 나머지 우리들과 마찬가지로 불안정으로 인한 고통에 시달린다. 하지만 자신이 이룬 성취를 하찮게 여기는 게자리 태생과는 달리 당신이 배워야 할 교훈은 그런 것들을 너무 지나치게 쫓지 않는 것이다. 다른 사람들에 대한 자비심과 감수성 또한 더 배워야 할 필요가 있다. 그래야만 유명한 백만장자가 되었을 때 다른 사람들에게 비난의 눈총을 받지 않을 수 있을 것이다.

생기 넘치는 사자자리

당신이 타고난 자질을 최대한 발휘하기를 원한다면, 연예인이나 피아니스트 같은 연주자가 되는 것이 탁월한 직업 선택이 될 것이다. 당신은 제2의 제니퍼 로페즈나 벤 애플렉(당신처럼 사자자리인) 같은 인물이 될 소질이 충분하다. 관심과 흥미가 있다면 배우가 되기 위한 공부를 하거나 피아노 레슨을 받으라. 삶에 대한 당신의 열정을 연료로 삼는다면 어떠한 분야에서든 성공할 가능성은 높다.

당신은 다른 사람들의 주목을 받기를 좋아하는 사람으로 여겨지기 쉽다. 그래서 부러움과 시새움의 대상이 되기도 한다. 하지만 그것은 타고난 자질이며, 당신이 어떻게 할 수 없는 것이다. 다른 사람들이 불안해 하는 낌새를 알아차림으로써 당신은 질투의 대상이 되고 싶지 않다고 생각하기 쉽다. 이런 경향은 특히 직업 분야에서 흔한 증상이다. 그럴 때는 당신의 동료들을 짐짓 응원해 주는 시간을 가짐으로써 그들이 관대해질 수 있도록 분위기를 조성하라.

나폴레옹은 전형적인 사자자리로, 키가 160센티미터에 지나지 않았지만 당대의 어느 누구보다도 두려움의 대상이 되었다. 키와 용모가 사랑 전선에 이상을 초래한 것도 전혀 아니었다. 일찍이 기록된 연애 사건들 중에서도 둘째가라면 서러울 정도의 열정적인 염문을 뿌리고 다녔다고 해도 좋을 것이다. 하지만 그는 독재자이기도 했다! 당신 안에는 그런 기질이 없는지 잘 살펴볼 일이다. 왜냐 하면 바로 그런 기질 때문에 인생에서 뒤처질 가능성도 있기 때문이다. 나폴레옹이 만약 더 점잖고 신사다웠다면, 성취할 수 있었을 많은 일들을 상상해 보라! 당신의

행운의 보석

호안석(虎眼石)은 당신에게 에너지를 고양시킬 뿐만 아니라 당신을 보호해 주는 돌이기도 하다. 당신에게 매력을 창조하여 행운을 가져다 줄 보석이므로 장신구로 착용하거나 주머니에 넣고 다니면 좋을 것이다. **홍옥수**(紅玉髓)는 열망을 고취시키고, 활력을 불어넣어 준다. 하지만 짜증이 나거나 노여움에 사로잡혔을 때는 착용을 삼가는 것이 좋다. 어떤 감정이든 증폭시킬 수 있기 때문이다. **황금**(黃金)은 당신을 좋아하고, 당신 또한 황금을 좋아한다! 황금과 함께하면 당신은 기분이 매우 좋아지고, 안정감을 느끼게 된다.

성격이 멋진 외모로 뒷받침되지 않는다 할지라도 너무 상심하지 말라. 아름다움이란 피부에서 나오는 것이 아니다. 자신감 넘치고 당당한 당신은 사랑받을 것이며, 심지어는 우상화될 수도 있을 것이다. 당신은 아름다운 에너지를 부여받았으며, 그것이 당신에게 주어진 행운이다.

정상에 올랐다가도 자만심 때문에 넘어질 염려가 있으니 조심할 일이다. 다른 사람들은 당신을 경탄의 시선으로 바라볼지 모르지만, 당신이 스스로 우월한 것처럼 행동하기 시작한다면 당장 코가 납작해질 일이 생길 것이다. 당신의 지배 행성은 태양이며, 태양은 스스로 자기 확신의 빛을 방사한다는 것을 잊지 말라. 당신의 별자리는 매우 행운이 넘치는 별자리 중 하나임이 분명하다. 당신이 가지고 있는 것을 갖고 싶다고 희망조차 품을 수 없는 사람들이 많다.

행운의 숫자 LUCKY numbers

운 좋은 사자자리들은 5, 11, 23, 14, 그리고 1에 집착하는 경향을 보인다. 당신에게는 이 숫자들 모두가 대단하지만, 특히 1은 태양의 숫자로서 당신에게 아주 유용할 수 있다. 1은 개성과 리더십을 상징하며, 당신은 이런 자질과 뗄 수 없는 밀접한 관계를 갖고 있다.

11은 스승이나 영주, 거장을 나타내는 숫자이기 때문에 특별한 마법을 발휘할 수도 있다. 11과 관련되는 집이나 사무실이 당신에게는 아주 유용할 것이다. 인생길을 수월하게 진척시켜 주고 목적하는 바를 이룰 수 있게 도와준다.

행운의 색깔 LUCKY COlORS

노랑과 오렌지색이 당신의 색깔이다. 노랑은 태양신경총 차크라의 색깔로서, 에고나 자아를 나타낸다. 막혀 있게 되면, 두려움과 불안의 중심이 된다. 당신은 가장 두려움을 모르는 별자리에 속하며, 자신의 가치에 대해 확고한 자신감을 갖고 있다. 자기 평가에 문제가 있다면, 당신 주변을 노랑색으로 단장하면 자신감을 끌어올려 줄 것이다. 노랑은 또한 지성의 색깔이어서, 서재나 거실을 이 색깔로 칠하면 사유와 의사소통이 활발해진다. 하지만 침실을 이 색깔로 칠하는 것은 피해야 한다. 불면증으로 시달릴 가능성이 크기 때문이다. 오렌지색은 관능과 창조력을 대표한다. 당신은 열정적이며, 오렌지색은 당신의 에너지를 고양시켜 준다.

어떤 방이든 오렌지색으로 칠하면 그 색깔
이 가져다주는 활기를 느낄 수 있을 것이
다. 당신을 사랑하는 이 색깔을 어찌 껴안
아 주지 않을 수 있으랴! 부엌이나 침실
에 오렌지색 꽃을 꽂아 놓으면 삶에
대한 열정이 다시 점화될 것이다. 적
갈색 벽이나 황금색이나 불꽃 색깔이 많
이 섞인 직물은 당신에게 아주 잘 어
울린다. 집안의 한가운데에 난로를
놓도록 하라. 겨울에 솔방울을 태우
면서 불꽃을 바라보노라면, 아늑한
안정감을 만끽할 수 있을 것이다.

사랑 나누기

관대하고 아량이 큰 당신은 믿을 수 없을 정도로 사랑스러운 사람이다. 당신이 사랑하는 사람들은 당신을 두고 그렇게 말한다. 찻집이나 술집에 가면 당신은 누구보다 앞장서서 자신이 쏘겠다고 나선다. 이런 마음 씀씀이와 외모가 한데 상승작용을 하여 당신에 대한 시새움을 줄여 줄 수 있지만, 잘난체하는 인물이라는 비난으로 이끌어질 수도 있다. 그렇다고 해도 크게 신경 쓰지 말라. 한편으로는 좋은 의미로 받아들일 수도 있는 말이니까.

사자자리의 상징인 해바라기처럼, 당신은 정말로 용기 있고 스케일이 큰 사람이다. 사자자리 태생은 행운의 도움을 두 배로 받고 있다고 할 수 있지만, 그것은 어디까지나 눈에 보이지 않는 조건이기 때문에 당신은 항상 공정하게 게임에 임하지 않으면 안 된다. 당신의 꿈과 열망은 무엇이고, 그것을 이루기 위해 어떠한 방법으로 노력하고 있는가? 당신은 이기적인 사람은 아닌가? 자만하고 있지는 않은가? 겸허하게 당신이 할 수 있는 최선을 다한다면 삶은 당신에게 보상을 내려 줄 것이다.

당신은 사람을 휘어잡는 카리스마가 있다. 그러니 뒤로 물러설 이유가 어디 있는가? 당신 자신을 믿으라. 왜냐 하면 우리 모두는 당신을 믿지 않을 도리가 없기 때문이다. 당신을 패배시킬 수 있는 것은 오직 당신뿐이다. 그러니 자신이 어떤 방식으로 행동하고 있는지를 주목하라. 누군가 당신을 친다면, 당신은 예전보다 더 강해져서 결국엔 승자가 되고 만다. 그러니 어디를 가든 당신이 정상에 서는 것은 당연한 일이다. 당신이 세상에 온 것은 어떻게든 흔적을 남기기 위해서인 것이다!

별자리 어드바이스

당신에게는 자존심과 허영이라는 두 가지 성격상의 약점이 있다. 누군가가 당신을 가리켜 눈이 부시도록 대단한 사람이라고 말한다면, 당신은 태양이 얼굴 위로 쏟아지는 것처럼 느끼고, 판단을 흐리게 될지 모른다. 말의 본질에 집중하고 정신을 흐트러뜨리지 말라! 불행하게도 당신이 치렛말을 좋아한다는 것은 공공연한 비밀이고, 그것은 당신을 조종하려는 악의적인 사람들에 의해 이용될 수 있다. 잠을 깨고 일어나 커피향을 맡아라! 당신의 직관을 믿어라. 뭔가 수상한 냄새가 난다면, 주변에서 뭔가 치사한 일이 진행되고 있는 것인지도 모른다!

사자자리의 행운아

록 그룹 롤링스톤즈의 보컬 믹 재거는 사자자리 태생의 전형적인 한 예이다. 그는 분명 전통적인 미남은 아니다. 젖은 행주 같은 얼굴에 다소 마른 체격이고, 키도 작은 편이다. 춤 솜씨도 보통 이하라고 할 수 있다. 하지만 그를 사랑하는 수백만의 팬들에게는 이런 것들 중 그 어떤 것도 문제가 되지 않는다. 그는 사자자리 특유의 카리스마를 분출한다. 포효하듯 노래를 부르는 그는 59세라는 나이에도 아랑곳없이 여전히 강하기만 하다. 무대에 선 지 40년이 지난 지금도 그는 여전히 슈퍼모델들과 염문을 뿌리고 다니고, 순회공연은 언제나 매진되는 인기를 누리고 있다. 그의 무대는 시대를 초월한다. 앞으로도 로큰롤의 제왕들 중 한 사람으로 기억될 것이 틀림없다. 가는 곳마다 행운을 몰고 다니는 그는 분명 사자자리 여러분을 고무시킬 존재일 것이다. 믹 재거는 의심의 여지없이 사자자리가 다른 별자리의 카리스마보다 더 강한 카리스마를 가지고 있다는 것을 입증하기 때문에.

사자와 같은 카리스마를 ☞
내뿜는 믹 재거

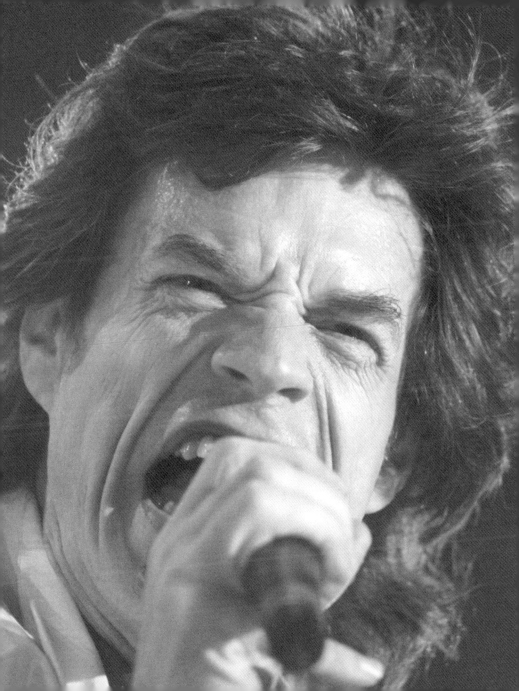

그런가 하면 사자자리는…

사자자리는 대체로 불운한 사람을 거의 찾아보기 어려울 정도로 운이 좋은 편이다. 불운 때문에 고통을 당했다는 사자자리 태생의 사람들도 잘 조사해 보면, 한때는 놀라운 승리를 경험한 적이 있는 경우가 많다.

1920년대에 최초의 여자 비행사 중 한 명인 아멜리아 이어하트는 대단한 모험가였다. 그녀는 처음에 노란색 자동차를 몰고 다녔다(과연 사자자리다운 일이다). 자동차가 몹시 희귀한 시대인데다가 여성 운전자는 더욱 더 보기 드문 시대였다. 스피드를 즐겼던 그녀는 이어 비행기 조종술에 도전했다. 당시에는 비행기가 대단히 위험했고, 사고도 잦았다. 훈련 과정에서 여러 차례 사고를 당했지만, 그 무엇도 비행의 열정을 꺾지 못했다. 그녀는 대서양을 횡단한 최초의 여류 비행사가 되었다.

그런 대단한 업적에도 만족하지 않고, 아멜리아는 최초로 세계 일주를 한 여자 비행사가 되고 싶어했다. 그녀는 이번이 마지막 도전이라고 결심했고, 완벽하다고 느꼈다. 하지만 이 마지막 비행에서 그녀는 흔적도 없이 비극적으로 사라져 버렸다. 돌이켜보면 그녀는 그 비행이 자신의 최후가 될 것을 예감했던 것 같다. 그녀는 사자자리 태생들에게 중요한 한 가지 교훈을 남긴 셈이다. 경계선을 넘어 너무 멀리 가지 말고, 직감에 주의를 기울여라.

이렇게 마음을 다잡아라

모험은 당신에게 매우 중요한 삶의 요소이다. 판에 박힌 일상이 계속된다면, 당신은 아프리카의 표범처럼 늘어지게 낮잠을 자면서 다음 번 먹이를 기다리는 심사가 될 것이다. 그러니 오늘을 위한 모험을 계획하라. 등산이나 자동차 경주에 참가해 보라. 활동적이고 자극적으로 살아가는 것은 당신의 기분을 좋게 해줄 뿐만 아니라 행운을 불러오기도 한다. 오늘은 당신 생애의 휴가 중 첫번째 날이다. 레오! 춤을 추고 노래하라. 뭔가 일상에서 벗어난 일을 하라. 판에 박힌 나날을 살아가는 것은 당신의 생명력을 고갈시켜, 정글의 왕이 아니라 감옥에 갇혀 머리가 돌아버린 사자가 되게 한다.

처녀자리 ViRgo

8월 23일 ~ 9월 22일

별자리의 특성

키워드	책임감, 치밀함, 완고함, 자기 통제
지배 행성	수성 – 커뮤니케이션의 신
강점	계산, 분석, 법, 헌신
약점	판단력, 지배력, 비판력, 금욕주의

처녀자리 태생은 다소 따분한 사람이라고 여겨질 만큼 언제나 규칙에 따라 행동한다. 그런 비판이나 소문을 듣는 것은, 인생을 잘 통제하고 절제하는 처녀자리의 능력을 시기하는 궁수자리에게서일 가능성이 높다. 그런가 하면 당신은 모든 별자리들 중에서도 부를 획득하고 유지하는 능력을 타고났다고 할 수 있다. 당신은 다른 별자리들처럼 앞뒤 헤아리지 않고 행동에 옮기는 짓은 잘 하지 않는다. 다만 행운을 향해 쉬지 않고 부단히 걸음을 옮긴다. 하지만 조금만 조율하는 과정을 거친다면 모든 것을 바꾸어 놓을 수도 있다는 것을 알아야 한다.

당신은 탁월한 분석 능력을 지니고 있으며, 숫자를 다루는 기술이 뛰어나다. 바로 그런 점 때문에 당신들은 지구를 완전하게 하기 위해서, 거기에 봉사하기 위해서 태어났다는 말을 듣는 것이다. 이는 책임감이 강하다는 말과도 통한다. 사실 사람들은 당신을 책임감과 떼어놓고 생각할 수가 없다! 마더 테레사는 처녀자리 태생이었다. 그녀는 봉사하지 않으면 안 된다는 강박관념이라도 지닌 듯이 평생을 봉사에서 시작해서 봉사로 끝낸 사람이다. 비록 그것이 그녀 자신에게는 힘든 시간이었을지언정 그렇게 했고, 바로 그 점이 처녀자리의 딜레마이다.

당신은 잘못될 수 있는 권리 또한 가지고 있다

여기 긴급 뉴스가 있다. "세상에 완벽이란 것은 존재하지 않는다! 하지만 장담하건 대, 당신은 있는 그대로 완벽하다!" 꼼꼼하게 살피고 조사하는 동안에도 마음을 가 볍게 하라, 그러면 당신은 수백만 가지를 헤집고 갈퀴질하면서도 얼굴에 미소를 지을 수 있을 것이다. 당신은 때로 뭔가 별나고 위험한 짓을 하지 않으면 안 될 것 처럼 느낄 때가 있다. 이는 무슨 짓이라도 해야만 마음이 편한 당신의 성미 때문이 기도 하다. 당신 자신은 사람들이 생각하듯이 그렇게 좋은 사람이 아니라는 것을 자기 자신과 남들에게 입증하고 싶어서일 수도 있다. 이런 행위를 하더라도 균형 감각을 잃지 않도록 애쓰라. 적어도 일주일에 한 번쯤은 힘든 일에서 벗어나 그저 즐길 수 있는 일을 해보라. 긴장을 풀어라, 그러면 자기파괴적인 경향에서 훨씬 벗 어나기가 쉬울 것이다. 드라마 속의 여왕 같은 그런 행위는 당신보다도 양자리 태 생에게 더 어울린다는 것을 잊지 말라!

여러 별자리 중에서도 처녀자리는 이 책을 구입할 가능성이 가장 적은 별자 리이다. 처녀자리인 당신은 보다 조직적인 종교의 수행에 더 끌릴 것이다. 스스로 책임을 지우고 스스로 그 책임에서 벗어나고자 애쓰기 때문에 오히려 정체될 수 있다는 점을 잊지 말아야 한다. 당신은 속옷까지도 다림질해서 입어야 직성이 풀 리는 성미를 지니고 있다. 물론 당신은 가끔씩은 일을 팽개치고 친구들과 어울려 술을 마시고, 수다를 떨고, 사랑을 속삭일 수도 있다. 하지만 내심으로는 죄책감을 느끼고 있을 것이다. 죄책감은 당신의 별자리가 갖고 있는 바람직하지 못한 특성

행운의 보석

자수정은 신비와 감추어진 앎으로 가득 찬 자줏빛 돌로서, 당신의 에너
지를 높여주는 보석이다. 풀어야 할 복잡한 문제가 있을 때는 눈썹과 눈썹 사이
의 미간(제3의 눈) 위에 자수정을 대고 명상을 하라. (하지만 편집증이나 다른 정신적인
질병으로 고통 받고 있는 경우에는 자수정을 사용해서는 안 된다.) 로마인들은 자수정
을 '냉엄한 절제의 돌'이라고 부르면서, 중독된 상태를 포기하고 끊고자 할
때 사용했다.

한밤중에도 푸르게 빛을 내는 **청금석**(青金石)도 당신을 위한
보석이다. 고대 이집트의 대제사장들은 가슴받이로 착용
하기도 했고, 머리를 장식하는 데에 쓰기도 했다.
하늘과 땅의 여왕이라는 바빌로니아의 이쉬
타르 여신에게도 신성한 돌로 여겨졌
다. 이 서슬 푸른 보석을 베개 밑
에 간직한다면 직관력과
자각의 뚜껑을 열어
줄 것이다.

중의 하나이다. 하루를 완전히 제끼고 즐기기가 어려운 것은 쓸데없는 죄책감 때문인 경우가 많다. 옳고 그름, 선과 악, 흑과 백 사이를 머릿속에서 명백히 정리할 필요가 있다. 무엇이든 너무 지나치지 않은지 스스로에게 물을 일이다. 당신 또한 죽을 운명의 존재로서, 이 땅에 태어난 것은 무엇인가를 배우기 위해서이다. 우리 모두가 완벽하게 보이는 완벽한 세상에서 마땅히 해야 할 행위만을 하고 살아간다면, 우리는 스텝포드의 아내들과 남편들 (〈스텝포드의 아내들〉: 작은 마을에 새로 이사 온 사진작가가 그 마을의 여인들이 말 잘 듣고 고분고분한 섹스 로봇으로 대체되어 가고 있다는 놀라운 사실을 발견한다는 내용의 영화)처럼 삶이 마냥 지루하고 따분해질 것이다. 죄책감에 물들곤 하는 습관일랑 발로 걷어차 버리라. 그러면 당신 안에 숨어 있던 놀라운 자질들이 싹을 내밀고 자라날 것이다. 죄책감이 과연 당신의 삶에 어떤 도움을 주던가? 죄책감은 당신의 삶을 멈춰 세울 뿐이다. 설령 잘못을 저질렀다 할지라도 당신은 그로 인해 고통스러운 시간을 보내기보다는 그것을 통하여 오히려 자신을 사랑하는 법을 배워야 한다.

　다른 별자리들과 마찬가지로 당신 또한 굉장한 행운을 타고났다. 당신의 삶에 대한 주요한 열정은 봉사하는 데에 있다고들 한다. 이것은 달걀이 먼저냐 병아리가 먼저냐 하는 논쟁처럼 약간은 모순을 내포한다. 당신은 그렇게 해야만 한다는 의무감에서 다른 사람들을 위해 일하고 있는가? 아니면 인류에 봉사할 수 있다는 것을 경이롭게 여기고 있는가? 무엇보다 먼저 당신 자신에게 봉사하라. 자신을 사랑하고 치유할 때 마법은 비로소 시작된다. 당신 자신을 맨 나중으로 미뤄놓지 말라.

행운의 숫자 LUCKY numbers

처녀자리에게 행운의 숫자는 6, 14, 23, 그리고 5이다. 6은 당신에게 굉장한 숫자로서, 당신의 정신을 바짝 차리게 해서 감정에 접속하게 하며, 여유를 가지도록 하고, 잘사는 법에 대한 감각을 심어 준다. 당신은 황도대의 여섯번째 별자리로서 여섯번째 궁(宮)에 의해 지배된다. 그러니 당신이 이 숫자를 좋아하는 것은 당연하다. 6은 또한 금성(비너스)의 숫자이기도 하다. 당신이 직접 금성에 의해 지배를 받는 것은 아니지만, 사랑과 조화, 감정과 관계되는 일에서는 금성의 에너지가 막강하다.

행운의 색깔 LUCKY COLORS

짙은 감색과 연두색 같은 전통적인 색깔이 당신과 잘 어울린다. 남색이나 짙은 자주색(내면의 심오한 지혜를 드러내 주는) 역시 당신과 파장이 맞는다. 이런 색깔은 직관의 자리인 제3의 눈과 연관된다. 하지만 이것들을 너무 지나치게 사용하지 말라, 그렇지 않으면 내면세계에 꽁꽁 묶여서 숨이 막힐지도 모른다. 당신은 행동하기 전에 깊이 생각하는 경향이 있으며, 이 색깔들은 그런 당신을 양육하고 보호해 준다. 당신의 방을 짙은 감색이나 연두색으로 칠한다면 마음에 쉽사리 평화를 찾을 수 있고, 내면에서 해답을 찾을 수 있도록 도움을 받을 것이다. 그 방에 들어가면 진정한 휴식을 취할 수 있다. 당신은 형광 핑크라든가 끈끈한 그린색 등의 요란한 색깔은 맞지 않는다. 하지만 약간은 대담한 색깔을 쓸 필요가 있으며, 특히 옷 색깔은 더욱 그렇다. 그럼으로써 자신감이 증대되는 것을 느낄 수 있을 것이다. 짙은 자주색을 첨가한다면, 직관과 내면의 지혜가 깨어나는 데에 도움이 된다. 그런 것에 대한 확신이 없을 때, 당신은 보통 크게 빗나가지 않는 전통적인 옷차림을 하는 경향이 있다. (당신에게 특별히 왈가닥 기질이 없는 한.) 자주색은 당신에게 무엇이 적합하고 옳은 일인지 직감적으로 알 수 있는 능력을 갖도록 도와준다! 당신은 옷에 자줏빛이 도는 색깔을 슬그머니 끼워 넣음으로써 자기만의 독특한 개성을 연출할 권리가 있다. 그럼으로써 예전에는 상상도 할 수 없었던 풍부한 내면세계에 접속할 수 있게 될 것이다.

할말 있는 처녀자리

당신은 은행 업무라든가 회계, 컴퓨터 프로그래밍 같은 숫자에 관련된 직업에 끌릴 수 있다. 당신의 지배 행성은 수성이기 때문에, 의사 전달의 능력 또한 탁월하다. 안으로 파고들어 자신만의 비밀을 갖는 것을 즐기는 당신의 성품과 이를 어떻게 조화시킬 수 있을까? 수성은 뭐라고 꼬집어 말하기 어려운 데가 있는 행성이어서, 당신에게는 뭔가 은밀하게 감추고 싶어하는 구석이 있다. 그러면서도 나름대로는 쾌활하고 재치 있는 수성의 특성 또한 가지고 있다. 뭔가 가슴에 쌓인 의무감을 내려놓고 싶고, 이를 안전한 방식으로 행할 수만 있다면, 당신은 아이디어가 만발하는 천재일 뿐만 아니라 놀라운 문제 해결사가 될 수도 있다. 번뜩이는 아이디어로 어떤 문제든 풀 수 있는 능력을 갖고 있다. 꼼꼼하게 교정을 보는 능력 또한 탁월하여 몇 백 미터 전방에서도 잘못된 것을 귀신같이 꼬집어 낼 수 있으며, 창조 능력도 감추어져 있어서 위대한 작가가 될 소질도 다분하다. 자신의 창조성을 난센스라고 깔아뭉개지 말라. 당신은 수성의 아이로서, 독특한 목소리와 할말을 많이 갖고 있다. 심판관이 되어 당신 자신을 나무라지만 않는다면, 당신의 상상력은 시냇물을 이루며 내달릴 것이다. 나는 에로 소설을 은밀하게 쓰고 있는 처녀자리 태생을 한 명 알고 있다. 그 소설은 매우 와일드한 전갈자리조차 얼굴을 붉힐 만큼 야한 것이다! 당신의 창조 능력을 인정하라, 그러면 삶이 더욱 풍부해질 것이다.

당신은 어떻게든지 자신이 바라고 소망하는 것을 명쾌하게 표현했다는 점을 분명히 하길 원할 것이다. 당신의 커뮤니케이션 능력을 사용하라! 당신은 사람들

별자리 어드바이스

당신은 지나치게 책임감을 느끼면서 '바른' 일을 해야만 한다는 생각에 사로잡히기 쉽다. 그럼으로써 스스로 정력을 소모시키면서 자신을 비참하게 만든다. 하룻동안 내내 바보 같은 짓을 하자고 마음먹고 계획을 세워보라. 돈을 좀 들고 나가서 퇴폐적이고 유희적인 일을 한번 해보라. 샴페인이나 섹시한 속옷을 사라. 마음속으로는 항상 원하고 있었지만 옳지 않다고 여기고 있던 짓을 한번 저질러 보라. 품행이 방정한 데서 반 걸음이나 한 설음쯤 벗어나 보라. 와일드하고 통제 불가능한 당신의 또 다른 면모를 있는 힘껏 발휘하라는 이야기가 아니다. 그저 재미 삼아서 엉뚱한 일을 좀 저질러 보라는 것이다!

이 이런저런 방식으로 행하지 않으면 안 된다고 스스로 선을 그어 놓고, 그들이 그렇게 해주기를 기대한다. 당신에게 특별한 요구사항이 있을 때는 더욱 더 그렇다. 당신을 행복하게 하려면 그들이 무엇을 어떻게 행해야 할지 그들 스스로 알고 있어야 한다고 생각하는 것이다. 과거의 온갖 불행은 바로 이런 태도 때문에 야기되어 왔다. 당신은 친구를, 연인을, 혹은 가족을 잘못 만나 불행해진 거라고 생각해 왔을지도 모른다.

하지만 당신의 요구사항을 말하지도 않고, 그들에게 실망한 나머지 자신의 불운을 딱하게 여길 필요가 있을까? 당신의 요구사항을 말하기만 하면, 그래서 말도 하지 않은 채로 실망하는 일이 없게 된다면, 당신의 인생은 한결 부드러워질 것이다. 당신이 필요하다고 느끼는 것들을 표현하고 말함으로써 성공적인 인간관계를 끌어낼 수 있다. 우리 모두는 행동 양식과 윤리적 마음가짐이 저마다 다르다. 그런 다양성 속에서 살아가지 않으면 안 되는 것이 인생이다. 당신이 무엇을 기대하고 있는지를 명확하게 하도록 하라. 그러면 다른 사람들은 당신을 기쁘게 해줄 기회를 갖게 될 것이다. 아무런 죄책감도 갖지 말고 당신이 느낀 바를 말하는 습관을 들여 보라. 당신이 스스로 가둬놓고 있었던 사랑이 해방감을 만끽하며 당신을 에워싸는 것을 감지할 수 있을 것이다.

이렇게 마음을 다잡아라

처녀자리는 매우 정확하고 비상할 정도로 꼼꼼한 데까지 주의를 기울인다. 이는 대단한 능력으로, 당신이 선택한 직업 분야에서 성공하도록 도와줄 것이다. 정원 일에서부터 집안의 인테리어에 이르기까지 계획을 세우는 능력 또한 대단하다. 하지만 당신의 영혼은 어떨까? 4대 원소 중 흙에 해당하는 당신은 자연과 깊은 유대감을 갖는다. 대지에 굳건히 뿌리를 내려 안정감 있고 조화롭게 살아가는 모습을 상상의 그림으로 그려 보라. 큰 나무에 등을 기대고 앉아서 당신의 등이 나무 밑동의 일부분이라고 상상하라. 뿌리가 땅 밑으로 뻗어 가서, 당신의 몸에 양분을 끌어올려 공급해 줌으로써 당신의 영혼을 채워 주고 강화해 준다고 느껴 보라. 30분 정도 그렇게 시간을 보내고, 끝마칠 때는 나무에게 고마움을 표하는 것을 잊지 말라.

처녀자리의 행운아

세상에서 가장 섹시한 남자의 한 사람으로 손꼽히는 숀 코네리는 처녀자리 태생이다. 숀은 스코틀랜드에서 태어나 트럭 운전수인 아버지와 세탁부인 어머니 사이에서 자라났다. 가난한 집안 형편 때문에 열세 살에 학교를 그만두고 우유 배달을 해야 했다. 나이가 들어 해군에 입대하려고 했지만 위궤양 판정을 받아 뜻을 이루지 못했다(이것은 처녀자리의 전형적인 문제일 수 있다. 세상만사가 제자리에 있어야 한다는 마음 때문에 걱정거리가 많고, 주의하지 않으면 스트레스성 질병으로 이어지기 쉽다). 숀은 한때 미식축구 선수로도 뛰었고 '미스터 유니버스'에 나가 3등으로 입상하기도 했지만, 결국은 배우로서 정착하게 되었다.

많은 이들은 그를 '영원한 제임스 본드'로 기억한다. 물론 자청한 것은 아니었다. 그는 〈언터처블〉 같은 영화에서 빼어난 연기를 하여 아카데미 상을 수상하기도 했다. 여성을 대상으로 하는 인기투표에서는 아침에 잠자리에서 일어나 함께 식사를 하고 싶은 남성 1위로 여러 차례 선정되었다. 물론 그는 그러한 기대에 어긋나지 않게 나이가 들어도 늘 멋진 외모를 잃지 않고 있다. 대부분의 처녀자리들과 마찬가지로 그는 자기고집이 대단하며, 특히 자기 조국 스코틀랜드에 대한 애착이 대단한 것으로 알려져 있다.

나이가 들어도 너무나 멋있는 숀 코네리 ☞

그런가 하면 처녀자리는…

리버 피닉스는 인기 절정이었던 스물세 살의 나이에 비극적인 죽음을 맞았다. 약물 중독에 의한 심장마비였다. 이 영특한 젊은 배우는 늘 말 많고 탈 많은 인생의 한가운데에 있었다. 그의 부모는 '하나님의 자녀들'이라는 종파의 멤버였다. 이 종파는 1970년대에 언론에 의해 "예수에게 꾀인 사람들"이라고 딱지가 붙여졌던 신흥 종교 그룹이다. 그는 어린 시절의 대부분을 이 종파의 형제자매들과 함께 생활했다. 처녀자리 태생에게는 결코 이상적이라고 할 수 없는 환경이었다.

그는 완전주의자이자 인생의 관조자로서, 영원히 길들여지지 않는 배우였다. 그런 그는 항상 배역도 자신에게 딱 맞는 역할만 얻었던 것 같다. 아주 젊은 나이에 〈모스키토 해안〉에서 해리슨 포드와 함께 열연했고, 〈스탠 바이 미〉로도 좋은 평가를 받았다. 〈러닝 온 엠프티〉에서 맡은 역할로는 아카데미 상에 노미네이트 되었다. 그러한 인기에도 불구하고 그는 마약으로 악명 높은 할리우드 거리의 보도에서 그의 형제자매들의 팔에 안겨 죽어갔다. 그가 모든 처녀자리들에게 남긴 교훈은 너무 극단으로 치우치지 않도록 하라는 것이다.

여러 모로 운이 좋았던 휴 그랜트는 직업 전선에 이상이 생기자 로스앤젤레스의 한 도박사와 함께 부적절한 관계에 빠졌다. 예전에는 전형적인 영국 신사로 알려졌던 그였다. 하지만 그의 판단 착오는 그의 경력에 전혀 부정적인 영향을 미치지 못했다. 사실은 오히려 그의 유명세를 부채질해 주었다.

처녀자리들은 조심해야 한다. 성적인 기호를 억누르거나 지나치게 깔끔을 떤다면, 당신의 동물적인 본능이 당신을 점령하여 자기 파괴적이거나 무분별한 행위로 몰아갈지도 모른다. 균형점을 잘 찾아서 자신의 인간적인 면모를 받아들여라. 돌발적인 행동이 튀어나와서 그로 인해 후회하고 고민하는 일이 없도록 자주 긴장을 풀도록 할 일이다.

천칭자리 liBRA

9월 23일~10월 23일

별자리의 특성

키워드	조화, 균형, 매력적임, 친절함
지배 행성	금성 – 사랑의 여신
강점	관계, 정책, 법, 사교
약점	무드에 흔들림, 비관, 비탄, 우유부단

당신은 많은 재능과 자질을 타고났는데, 그것은 당신의 지배 행성인 금성이 부여한 것이다. 당신은 거부할 수 없는 매력을 발산함으로써 친구들을 끌어당기는 능력을 가지고 있다.

삶에서의 당신의 임무는 조화롭고 균형 있게 생각하는 것이다. 그런데 그것은 자칫 우유부단으로 이어질 가능성도 지닌다. 당신에게는 삶이 외줄을 타는 것과 같아서, 만사에 어느 한쪽으로 치우치지 않아야 한다고 느끼기 쉽다. 지나치게 균형을 잡으려는 이런 경향은 축복이기보다 저주가 될 수도 있다. 특히 행운과 불운 사이에서 널뛰기를 할 때는 더욱 더 그렇다.

저울추가 때로는 한쪽으로 급격하게 기울어져서 뱃멀미를 느낄 수도 있다. 이런 곡예는 당신의 내적인 리듬에 의한 것임을 알아야 한다. 당신의 주된 구성 원소는 공기이기 때문에, 당신의 행운은 내면으로부터 나온다. (주된 구성 원소가 불이라면 행운은 행동에서 오고, 물이라면 직관을 통해서 온다.) 당신이 생각하는 것을, 당신은 창조한다.

벽에 걸린 거울, 거울…

사랑의 여신인 비너스(금성)가 당신에게 눈을 떼지 않기 때문에 당신은 용모에 다소 지나칠 정도로 관심이 많다. 천칭자리는 대개 두 부류로 나뉜다. 대체로는 매력적이며 용모에 관심이 많은 형이지만, 너무 잘 보이려다가 내실을 기하지 못하는 사람들도 있다. 천칭자리들에게 영향을 미치는 저울은 이런 식으로 한쪽으로 기울 수도 있는 것이다. 천칭자리는 탁월한 메이크업 아티스트나 점포 디자이너로서의 자질이 탁월하다. 좋은 것과 사랑에 대한 센스를 가지고 있어서, 아름다운 것들에 둘러싸여 지낸다.

사교성이 뛰어난 천칭자리는 모임의 주관자나 아트 갤러리의 오너가 되기도 한다. 예리한 안목을 지니고 있어서 눈에 보이는 이미지들에 자극을 잘 받는다. 또한 다른 사람의 속마음을 잘 알아서 좋은 관계를 유지하는가 하면, 때로 완벽한 파트너를 찾아 헤매기도 한다. 객관적이고 사교적이어서 데이트를 주선하는 도우미로서의 역할을 즐길 수도 있다. 남다른 자질을 타고난 천칭자리는 마음만 먹으면 어느 분야에서든 남보다 뛰어날 수 있다. 직업을 결정하는 데에는 시간이 많이 걸릴 수 있지만, 일단 자기 길에 들어서면 어떤 장애물도 이를 멈춰 세울 수 없을 것이다.

별자리 어드바이스

천칭자리인 당신은 아주 사소한 문제를 놓고 자꾸만 미적거리면서 결정을 미루는 경향이 있다. 포도주를 마실 것인지 보드카를 마실 것인지의 아주 단순한 결정을 할 때에도, 미카엘 천사가 지옥에 떨어진 자들의 혼을 저울질하는 것처럼 혹시 잘못될까 봐 신중을 기한다. 지나치게 분석하고 재는 경향이 있는 것이다. 당신은 사려분별의 특별한 자질이 있으므로 그것을 두려움을 자르는 칼로 사용할 일이다. 울적한 기분이 들 때나 무력감에 사로잡힐 때는 이 충고를 되살리는 것이 유용할 것이다. 천칭자리는 명석한 두뇌의 소유자이기 때문에, 남보다 더 적게 생각하더라도 그걸로 충분한 경우가 많다.

천칭자리의 내면적인 기질

천칭자리인 당신의 감성적인 측면은 어떨까? 이것 역시 매우 복잡하다. 당신은 싱글일 때 어떤 관계에 종지부를 찍고 나서도 질질 끄는 경향을 보이기 쉽다. 맺고 끊는 것을 확실하게 하는 것을 배움으로써 쓸데없는 에너지 낭비를 줄이고 활력에 찬 삶을 지향해야 한다. 비너스의 아이인 당신은 사랑을 통하여 영혼의 성장을 기하도록 운명지어져 있다. 당신의 지배 행성인 금성(비너스)은 사랑의 여신일 뿐 아니라 가슴과 관계되는 모든 일을 돕는 조력자이기도 하다.

사랑 전선에 이상이 있다면, 작은 의식을 거행함으로써 해결책을 강구하도록 해보라. 금요일에 비너스에게 편지를 써 보라.(금요일이 그녀의 날이다.) 로마 시대에는 이루고 싶은 간절한 소원을 성취시켜 달라고 신들에게 편지를 쓰곤 했고, 그렇게 함으로써 많은 사람들이 놀랄 만한 행운을 거머쥐었다. 이루기를 원하는 일들의 목록을 만들고, 비너스가 좋아하는 장미 같은 꽃으로 공물을 장만하여 촛불을 켠 다음, 신들에게 바치는 기도를 하라. 자비심 넘치는 비너스 여신은 당신과 특별한 관계에 있으니 그 점을 잊지 말고 한번 시도해 보라. 잃을 것은 아무 것도 없고, 모두가 얻는 것뿐일 것이다!

사람들은 자동적으로 당신의 사랑스러운 성품과 매력에 끌리게 되며, 따라서 당신은 타고난 중재자이다. 나이가 들어감에 따라 (삼십대 이후) 당신은 강철 같은 강한 의지를 지니게 된다. 당신은 더 이상 나약한 청춘이 아니다. 당신에게 부와 내면의 평화가 증진되기 시작하는 것은 아마 그 시기부터일 것이다. 삼십대가 되

행운의 보석

옥은 당신이 정신적으로 고갈되었을 때나 마음에 짐이 되는 일이 있을 때 시원스런 효과를 발휘하는 대단한 돌이다. 옥은 자비심, 순수함, 지혜, 확고부동함, 용기의 다섯 가지 덕목을 지닌 것으로 여겨진다. 특히 중국 등 고대의 여러 문화권에서는 신성하고 행운을 가져다주는 돌이라고 믿어졌다.

사파이어는 당신의 기분을 밝게 해주고 당신 자신을 창조적으로 표현하고 늘 즐겁게 살도록 고무해 준다. 또한 사파이어의 푸른 색깔은 목 차크라와 관계된다. 이 돌은 당신이 원활하게 감정 표현을 할 수 있도록 돕는다. 그린 색깔의 **사금석**과 **오팔**도 당신에게 맞는 행운의 보석이다.

기 이전에는, 당신의 개인적인 경계선을 확실히 하고, 아닐 때는 아니라고 말할 수 있는 법을 배우도록 애써야 한다. 사람을 잘 돌보는 따뜻한 성품을 가진 당신은 비즈니스 세계에서도 다른 사람의 뜻을 될 수 있으면 거스르려고 하지 않는다. 남의 말을 들어주기를 좋아하는 것이다. 하지만 좀더 과감하게 치고 나가는 법을 배우라. 목표를 향해서 움직여 나가라. 그러면 성공은 당신의 것이다.

행운의 숫자 LUCKY numbers

당신의 행운의 숫자는 7, 16, 34, 그리고 6이다. 7은 명상과 영성을 상징한다. 당신은 황도대의 일곱번째 별자리이며, 일곱번째 궁(宮)에 의해 지배된다. 당신 주변에는 영적인 강렬한 기운이 감돌며, 금성과 관계되기 때문에 매우 매력적이다. 당신의 삶에 7과 관련된 숫자가 자주 등장한다면, 또 7동이나 7호 등 숫자 7과 관련된 집으로 이사하기로 했다면, 그것은 당신으로 하여금 영적인 측면에 더 주의를 기울이라는 뜻이다. 잡념 속에서 당신 자신을 잃어버리지 말고, 시간을 내어 명상을 하도록 하라. 7은 이성적이고 논리적인 마음에서가 아니라 영감을 주는 측면에서 당신에게 해답을 주는 숫자이다.

행운의 색깔 LUCKY COLORS

옅은 핑크와 초록색이 당신의 색깔이다. 이 색깔들은 무조
건적 사랑을 나타내는 에너지 중심점인 '심장 차크라'와
관계된다. 금성이 당신의 지배 행성이기 때문
에, 당신의 심장 센터는 대체로 매우 깨
끗한 편에 속한다. 당신은 감정적
인 조화와 균형을 열렬하게
갈망한다. 감정적인 혼란을
느낄 때는, 옅은 핑크빛과 초
록색을 상상하면서 심장 차크라
에 주목하라. 부정적인 모든 감정들이
핑크빛으로 녹아드는 것을 느끼라. 초록
빛깔은 당신에게 긍정적인 느낌을 되
살려 주고, 무조건적 사랑 속에서 목욕하게 해준
다. 목욕탕을 핑크빛으로 꾸민다면 탁월한 선택이 될 것
이다. 핑크는 사랑의 색깔이어서 당신의 감성을 열어 줄
것이기 때문이다. 당신은 때로 감정적인 혼란을 겪으면서

그것을 지나치게 분석하는 나쁜 습관이 있
다. 핑크빛은 당신의 그런 혼란 상
태를 극복하도록 도와 줄 것이다.
핑크빛 옷을 입는 것도 당신에게
어울린다. 바깥세상을 향해 당신의
마음을 더욱 더 열어 줄 것이기에. 남
성이라면 핑크빛 옷을 입는 것이 꺼려질
지도 모른다. 그럴 경우에는 밝은 핑
크빛 카드 같은 것을 지니고 다니도
록 해보라. 스트레스로 시달릴 때는
그 카드를 주머니에서 꺼내어 5분
동안 응시해 보라. 남들은 이상하게
생각할지도 모르지만 실제로 기
분이 좋아지는 것을 어쩌랴!

천칭자리의 행운아

마이클 더글라스는 행운을 타고났다고 할 수 있을 것이다. 할리우드의 슈퍼스타 커크 더글라스의 아들인 마이클은 배우로서의 유전적인 기질을 물려받았다. 그는 아버지의 후광을 입지 않고 독자적으로 명성을 얻기 위해 고투하여(1960년대에는 아버지의 영화사에서 조감독으로 일하기도 했지만) TV 연속극인 〈샌프란시스코의 거리〉에서 대스타로 발돋움했다. 영화 제작에도 손을 뻗쳐, 〈뻐꾸기 둥지 위로 날아간 새〉로 아카데미 다섯 개 부문의 상을 석권하며 엄청난 흥행 성적을 거두었다. 마치 미다스의 손을 가진 것 같다. 그 후 연기 부분에서도 계속 활약하여 아카데미 남우주연상을 2차례나 수상하는 영광을 안았다. 이처럼 연기와 제작 모두에서 균형 있게 성공한 그는 지금도 할리우드에서 가장 영향력 있는 인물로 손꼽힌다.

최근에는 나이 차이가 많이 나는 미모의 여배우 캐서린 제타 존스와 호화판 결혼식을 올려 화제를 모았으며, 아들을 낳았다. 아마도 마이클은 이 지구상에서 가장 운 좋은 사람들 중 한 명일 것이다. 그의 사려분별이 뛰어난 천칭자리로서의 선구안은 매번 적중해 왔다고 할 수 있다.

영화제작과 연기 모두에서 성공한 ☞
마이클 더글라스.

그런가 하면 천칭자리는…

몽고메리 클리프트는 당대에 매우 잘생긴 배우로 손꼽혔다. 그의 천칭자리적인 매력은 할리우드에서의 성공을 꿈꾸게 하기에 충분했다. 우여곡절을 겪긴 했지만 그는 마침내 자기 식대로 잘 나가는 영화사 중 한 곳과 계약을 맺기에 이르렀다. (천칭자리 사람들은 대단한 협상가들이다.) 그는 엄청난 성공을 거두었고, 〈순간에서 영원으로〉에서 맡은 역할로 인해 아카데미 상에 노미네이트 되었다. 하지만 그는 분위기를 잘 타는 천칭자리의 기질을 많이 타고난 듯, 일과 파티 사이에서 적절한 균형점을 찾지 못했다. 천칭자리들은 평화를 위한 시간과 공간을 필요로 한다. 일이 많아서 과로할 때는 매우 울적해하며 스스로 불행하다고 생각하는 경향이 짙다.

과로로 지친 몽고메리는 자동차 사고를 일으켰고, 얼굴을 크게 다쳤다. 여러 친구들이 그를 도와주고 성형수술로 모습도 많이 회복되긴 했지만, 떠나가는 인기를 만회하지는 못했다.

천칭자리의 행복에 있어서는 조화와 균형이 열쇠이다. 울적할 때는 인생의 어느 부분을 소홀히 여기고 있는지 잘 살펴보라. 천칭자리는 분명 매력적이고 활기차고 영적인 인물들이다. 타고난 스타인 경우도 많다. 하지만 눈에 보이는 것만을 전부라고는 생각하지 말아야 한다.

이렇게 마음을 다잡아라

당신의 저울은 균형점을 잃고 쉽사리 기울어질 수 있다. 그러니 당신의 지성적인 능력을 최대한 활용하는 것이 매우 긴요하다. 이런 생각 저런 생각으로 머리를 복잡하게 만들지 않도록 마음을 다잡아야 한다. 마음을 괴롭히는 문제가 있거든 그것들을 종이에 기록하라. 가장 감당하기 어려운 두려움은 무엇인가? 그것도 종이에 적어라. 그런 다음 그 종이를 들고 밖으로 나가서 태워 버리라. 다음과 같은 확언을 소리 내어 말하는 것이 좋다. "나는 나의 두려움을 우주로 떠나보낸다. 이제 내 안에 두려움은 사라지고 없다. 멋진 해결책이 떠오를 것이다." 그런 다음 집안으로 들어와 당신이 생각할 수 있는 창조적인 해결책들을 기록하라. 즉각적인 변화를 꾀하기보다는, 당신의 상황을 조금이라도 개선할 수 있는 작은 발걸음이 무엇인지부터 생각하라. 하루에 한 번씩 이런 일에 시간을 쓴다면, 당신은 멀지 않아 원기를 회복할 것이다.

전 갈 자 리

scorpio

10월 24일~11월 22일

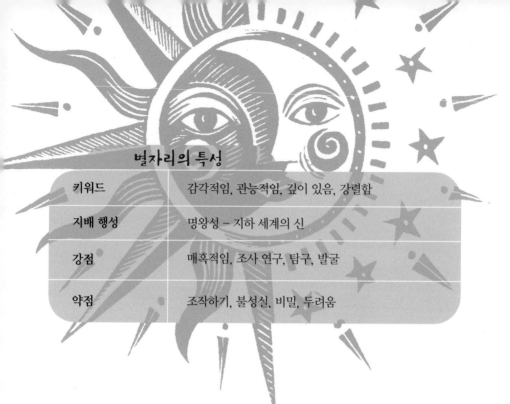

별자리의 특성

키워드	감각적임, 관능적임, 깊이 있음, 강렬함
지배 행성	명왕성 – 지하 세계의 신
강점	매혹적임, 조사 연구, 탐구, 발굴
약점	조작하기, 불성실, 비밀, 두려움

전갈자리 태생인 당신은 운이 좋은 편일까, 나쁜 편일까? 당신은 말할 나위도 없이 흥미로운 인생을 살고 있다. 왜냐 하면 더 깊이 파라는 것이 이 세상에 태어나게 된 당신의 카르마(業)이기 때문이다. 전갈자리로 태어난다는 것은 삶에서 시련과 도전에 직면한다는 것과 동의어라고 해도 그리 틀린 말은 아니다. 이런 경향은 특히 어린 시절에 더 해당된다. 당신은 아마도 대다수 사람들보다 더 강렬한 고통과 실망을 경험했을 것이다. 전갈자리로 태어난다는 것은 불운을 타고난 것이나 마찬가지라고 말하는 사람이 있을 정도이다. 하지만 이런 말을 한 당사자는 아마도 전

갈자리였을 것이다.

"파란 많은 시대에 태어나면 파란을 겪게 된다"는 중국 속담이 있다. 당신의 인생도 여기에 해당되는 것은 아닌지 우려를 하지 않을 수 없다. 하지만 기운을 내라. 상황이 그렇게 나쁜 것만은 아니다. 그런 말 따위는 멀리 밀쳐 두라! 신은 당신이 쓰러져 넘어지도록 그냥 내버려두지 않을 것이다. 당신은 자신의 인생길을 잘 갈 수 있도록 도움이 될, 또 성공을 보장할 만한 독특한 재능을 부여받았다.

현명한 전갈자리

당신에게 부여된 행운 중에서 가장 중요한 것 중 하나가 직관력이다. 당신은 X레이로 투시하는 듯한 눈으로 다른 사람의 영혼을 꿰뚫어 본다. 누군가 당신에게 거짓말을 한다면 당신은 즉각 알아차릴 것이다. 사람들의 마음 깊은 곳을 알기 때문이다. 전갈의 눈을 잘 들여다보면, 겉보기와는 달리 두려움과 연약함이 감추어져 있는 것을 알 수 있다. 그와 마찬가지로, 당신은 다른 사람들이 당신의 연약함을 알아차리지나 않을까 지나치게 염려한 나머지 속마음과는 다른 행동을 하곤 한다. 숨바꼭질 놀이는 당신의 본성 중 한 부분이다. 당신은 달려가고, 사람들은 뒤를 쫓는다. 사람들이 속도를 늦추면 당신은 걱정을 하면서 사람들이 쫓아오도록 전갈자리 특유의 매력을 발산한다.

　　당신의 지배 행성은 지하 세계의 지배자인 명왕성이다. 명왕성은 차갑고 어두운, 지구에서 가장 먼 행성이다. 명왕성을 당신의 리더로 삼으려면, 삶과 죽음과 재탄생이라는 주기를 터득해야 한다. 당신 안의 두려움을 극복하기만 한다면, 당신은 똑같이 죽을 운명을 타고난 우리들 나머지보다 훨씬 더 많은 지식과 힘을 소유하게 될 것이다.

행운의 보석

많은 이들에게 불운을 뜻하는 돌로 여겨지는 **오팔**(opal)이 바로 당신의
탄생석이다. 오팔이 갖고 있는 신비한 마법의 힘은 당신에게 일어나는 일은 무엇
이든 확대 과장한다는 점이다. 그러니 행복하게 느껴지고 건강할 때만 그것을 착용해
야 한다. **석류석**은 '뿌리 차크라'의 돌로서 균형을 유지해 주고 관능적인 욕망을
다시 일깨워 준다. 누군가와 에로틱한 만남이 성사되기를 바랄 때는 이 보석
을 간직하고 가라. **연수정**(煙水晶)은 매우 어둡고 깊이가 있는 색깔을
지녔다는 점에서 당신과 흡사하다. 이 수정을 친구나 동맹자처
럼 가까이에 두고 두려움에 직면해야 할 때나 과거에서
해방되고 싶을 때 응원군으로 활용하라.

행운의 색깔 LUCKY COLORS

어두운 빨강과 검정, 적갈색
이 당신의 색으로, 모두가 뿌리
차크라를 대표하는 색깔들이다.
뿌리 차크라는 당신의 생식기 주변
에 있는 에너지 센터로서 본능적인
충동을 관할하는 곳이다. 선사시대
의 살아남으려는 욕망과 물질화와
관계된다. 예를 들자면 으르렁거리는
맹수의 위협으로 도망치는 본능도 이 차크
라에서 비롯된다고 할 수 있다. 이 차크라는
당신의 무의식이라는 신화적 지하 세계를 나타
낸다. 죽음, 섹스, 재탄생은 이 영역에서 비
롯된다. 이는 생명을 생명 되게 하는 본질이다.
당신은 검정색과 하얀색으로 이루어진 것을 볼
때면 고전적인 우수 같은 것을 느끼게 되기
쉽다. 감정의 깊은 밑바닥으로 들어갈 때마다 당

신은 비관과 절망으로 고통을 받을 수 있다. 다른 별자리들과는 달리, 당신은 색깔에 지나치게 열중하는 것이 바람직하지 않다. 그렇다, 때로는 당신의 붉게 타오르는 피를 숨기고 세상으로부터 숨는 것도 좋은 일이다. 하지만 가끔씩은 바깥으로 나와서 세상의 밝은 면에 몸을 담그라. 집안을 밝은 색깔로 단장하라. 항상 검은 옷을 입는다면, 낙관주의의 색깔인 노랑색 같은, 보다 대담한 색깔을 섞어서 사용하도록 하라.

길 것인가, 날아오를 것인가?

전갈은 당신을 나타내는 상징의 하나에 지나지 않는다. 당신을 나타내는 또 다른 상징은 멋진 독수리이다. 어느 쪽을 택할 것인지 하는 선택은 당신의 몫이다. 세상 위로 높이높이 떠올라 삶을 위에서 내려다보면서 살기를 원하는가, 아니면 자기방어에 급급하여 기다시피하면서 살기를 원하는가? 당신에게는 엄청난 잠재력의 선물이 주어져 있다. 당신의 개성이 갖고 있는 불길한 측면에 발목 잡히지 않는 것이 중요하다. 깊이 있게 파고드는 것은 당신에게 주어진 선물이고 재능이다. 삶과 죽음에 대한 당신의 이해는 실로 깊이가 있고, 거기에 당신의 매력이 있다.

여기에 좋은 뉴스가 있다. 전갈자리 중에는 유명인사가 많다. 전갈자리는 어떻게 해야 성공할 수 있는지를 잘 알기 때문이다. 마리 퀴리는 깊이 있는 연구에 천착하여, 라듐이라는 위험한 원소를 의료 분야에 활용할 수 있는 길을 열었다. 그녀는 여성들에게는 교수 자리조차 허용되지 않던 시대에 여성 최초로 노벨상을 받았다. 당신은 온갖 기이한 것에 깊은 관심을 가짐으로써 성공할 수 있다. 능히 살아남을 수 있을 뿐만 아니라 승리자가 될 수도 있다. 재난을 승리로 바꿀 수 있다. 낙관적이 되는 법을 터득한다면 진짜 기적이 시작될 것이다.

무엇이든 한번 파고들면 끝장을 보는 성격은 당신이 관계에 사로잡혀 헐떡이지 않는 한 긍정적인 자질로 변화될 수 있다. 당신은 목표를 달성할 때까지 결코 포기하지 않을 것이다. 이것은 대단한 자질이 아닐 수 없다. 하지만 때로는 모든 것을 흘러가는 대로 내버려둘 필요도 있다.

당신에게 막강한 힘을 부여하는 두번째 지배 행성은 전쟁의 신인 화성이다. 당신은 어느 누구도 당신보다 앞서는 꼴을 보지 못한다. 상처를 받을 때는 복수를 하겠다는 강렬한 유혹에 빠질 것이다. 하지만 이런 유혹에 넘어가지 않을 수만 있다면, 그럼으로써 남는 에너지를 다른 분야에 집중시킬 수 있는 축복을 누리게 될 것이다. 골디 혼, 대니 드비토, 우피 골드버그 같은 코믹 스타들은 모두 전갈자리 태생이다. 하지만 코미디란 것은 비극을 한 번 뒤집어 보는 측면에 불과하다. 크게 웃길 수 있으려면, 삶을 깊이 있게 이해하지 않으면 안 되는 것이고, 그것이 바로 당신이 앞설 수 있는 당신의 전공과목이다. 당신은 또한 사람들의 마음을 사로잡을 수 있는 능력을 타고났다고 할 수 있다. 동료 인간들의 심리 속으로 깊이 있게 파고듦으로써 뛰어난 치유사가 될 수도 있다.

일어나라!

삶은 당신을 지옥 같은 고통 속으로 몰아넣을 수 있지만 당신은 매번 오뚝이처럼 일어난다. 삶에서 일어나는 물밑의 흐름을 감지하는 성능 좋은 안테나를 가졌기에, 당신은 다른 사람들보다 세 배나 축복을 받았다고 말할 수도 있다. 주식시장의 흐름에도 정통할 수 있고, 사람들이 꼭 필요로 하는 사업체를 구축하는 데에도 탁월한 솜씨가 있다. 당신은 성공을 사랑한다. 목표에 이르고자 하는 당신의 열망만으로도 절반쯤 목표를 달성한 셈이다. 당신의 삶을 변화시킬 수 있는 키포인트는 낙관주의에 있다. 당신 자신을 믿어라. 삶은 당신에게 무엇인가를 빼앗기를 원하는 것이 아니라, 주기를 원한다는 것을 믿어라. 그러면 근심 걱정에 빼앗기는 에너지를 훨씬 덜 수 있고, 삶을 보다 즐길 수 있는 시간을 갖게 된다.

당신은 세상이 가장 사랑하는 연인이다. 이것은 전설이 아니라 실화이다. 왜냐하면 당신은 깊이 있는 삶의 측면으로 연인을 이끌어 갈 수 있는 특별한 능력이 있기 때문이다. 당신은 파트너의 온갖 은밀한 비밀들을 파고들 것이다. 하지만 자신에 관해서는 쉽사리 드러내지 않는다. 쉽사리 사람을 신뢰하는 스타일이 아닌 당신에게 선택당한 사람들은, 당신이 그렇다는 것을 알기 때문에 당신을 사랑하고 칭송할 것이다. 당신이 만약 윤회를 믿는다면, 이번 생을 자신에게 가장 중요한 생이라고 받아들이고 있을 것이다. 그렇기 때문에 당신 주변에 있는 모든 것을 파헤쳐 열어 볼 수 있도록 신뢰에 관한 주제를 마스터하기로 선택했을 것이다.

별자리 어드바이스

위로 올라가는 것은 반드시 내려가게 마련이라는 중력의 법칙을 기억하라. 내려가면 올라갈 때도 있다는 삶의 지혜에 그것을 추가하라. 삶이라는 것은 수레바퀴 같아서 일종의 주기가 있으며, 당신은 그 모든 주기를 다 경험하게 될 것임을 기억하라. 당신이 침체되어 있고 비참하다고 느낀다면, 삶이란 한 순간도 쉬지 않고 돌고 돈다는 것을 인식하라. 지금 이 순간에 살면서 주어진 매 순간을 즐기라. 그러면 엄청난 행운이 따를 수도 있다. 주차 티켓을 끊다가 그곳 사무원과 사랑에 빠질 수도 있고, 벼룩시장에서 한 폭의 그림을 샀는데 그것이 피카소의 진품으로 밝혀질 수도 있다. 세상의 값진 것들과 삶의 기쁨이 당신에게 발견되기 직전에 있다.

전갈자리의 행운아

우피 골드버그는 운 좋게 태어나지는 않았다. 그러나 놀라운 재치와 전갈자리 특유의 매력은 그녀를 역경 속에서 정상으로 끌어올렸다. 그녀는 벽돌공을 하기도 했고, 시체를 화장시키는 메이크업 아티스트로 일하기도 했다. 학교를 중퇴하고 마약에 빠졌다가, 약물 퇴치를 위해 일하던 카운슬러와 결혼했다. 결혼 생활에 균열이 생기자 이혼을 하고 본래의 카린 존슨이라는 이름을 우피 쿠션으로 바꾸었다. 소문에 의하면 그녀의 어머니가 자신의 딸이 사람들에게 존경받는 위치에 오르기를 희망하면서 이름을 우피 골드버그라고 고쳤다고 한다. 앞서 나가는 여느 전갈자리들과 마찬가지로 그녀는 코미디에 탁월한 소질이 있었고, 사람들을 고무시키는 일인 여성 쇼를 진행함으로써 그래미 상을 받았다. 배우로도 활약하여 〈칼라 퍼플〉에서 맡은 역할로 아카데미 상에 노미네이트 되고, 〈고스트〉에서 맡은 재미있는 연기로 인해 마침내 아카데미 상을 받았다. 오늘날의 우피 골드버그를 있게 한 것은 행운이 따라서가 아니다. 전갈자리 특유의 근성과 남다른 재능이 그녀의 오늘을 가능하게 한 것이다. 당신이 전갈자리라면 스스로 운명을 개척하지 않으면 안 되는 경우가 많을 것이다. 하지만 아무리 아래로 곤두박질치더라도 당신에게는 우피처럼 더욱 높이 솟아오를 수 있는 능력이 주어져 있다.

출신과 미모에 아랑곳 없이 대스타가 된 우피 골드버그 ☞

그런가 하면 전갈자리는…

실비아 플라스는 죽음과 절망의 그늘에 묻혀 버린 전갈자리 태생의 한 예이다. 재능 있고 강렬한 성격의 소유자인 그녀는 〈벨 자르The Bell Jar〉 같은 심오한 작품을 썼다. 전갈자리는 상징적이든 문자 그대로든, 죽음과 재탄생을 경험하는 일이 적지 않다. 당신은 죽음이라는 것이 끝이 아니라 다른 경험으로 나아가는 하나의 통과의례에 지나지 않는다는 것을 이해해야 할 필요가 있다. 전갈자리는 크게 두 부류로 나뉘는 것 같다. 죽음의 두려움을 전혀 모르는 부류와 자신과 다른 이들의 죽어야 할 운명에 사로잡히는 부류이다.

실비아의 아버지는 그녀가 여덟 살 때에 돌아가셨고, 이는 그녀에게 깊은 흔적을 남겼다. 그녀는 어린 나이부터 우울증에 시달렸고, 여러 차례 자살을 시도했다. 아주 가끔씩은 그녀의 창조성이 그녀를 구해 주는 듯싶었지만, 번번이 열등감에 사로잡혀 그것을 극복할 수 없으리라는 생각에 빠지곤 했다. 이런 열등감은 테드 휴즈라는 걸출한 시인과 결혼함으로써 더욱 강화되었다. 테드와의 폭풍과도 같은 사랑의 열병이 끝나자 실비아는 결국 자기 목숨을 끊었다. 이 어두운 이야기는 전갈자리들에게 자기 자신과 평화롭게 지내라는 중요한 메시지를 전해준다. 자기 의심과 두려움에 항복하지 말라. 인생을 깊이 있게 탐구하는 당신의 능력은 당신에게 지혜와 깊이를 안겨 준다. 당신에게는 독수리처럼 다시 날아오를 수 있는 능력이 있다. 삶을 신뢰하라, 그러면 기쁜 보상이 주어질 것이다.

행운의 숫자 LUCKY numbers

전갈자리인 당신의 행운의 숫자는 8, 13, 9, 그리고 3이다. 어떤 사람에게는 13이 불운의 숫자이지만, 극단적으로 신비한 구석이 있는 당신에게는 기이하게도 유용하게 쓰일 수 있다. 13을 이루는 1과 3을 더하면 4가 되는데, 4는 안전성과 균형을 나타내는 숫자이다. 13은 당신에게 안정감을 줄 수 있다. 당신은 13이라는 숫자가 품고 있는 신비를 좋아할 것이기 때문이다. 거기에 끌린다면, 그 숫자를 부적으로 사용하라. 당신은 틀림없이 이 숫자가 가진 힘을 아주 긍정적인 것으로 변화시킬 수 있을 것이다.

이렇게 마음을 다잡아라

육지의 전갈은 수영을 못하고 물을 좋아하지도 않는다. 물에서 사는 전갈들 또한 헤엄치기를 꺼려한다! 그런데도 전갈 자리가 속하는 4대 원소가 물이라는 것은 정말 기이한 일이 아닐 수 없다! 그러면 이 물을 어떻게 다스려야 할까? 물은 당신의 감정의 흐름을 상징한다. 당신의 삶이 괴어 있는 연못처럼 느껴진다면, 감정의 찌꺼기들을 걸러 내도록 하라. 화를 푸는 방법을 배워서, 고함을 치든지 킥 복싱을 하든지 하여 울적한 기분을 풀도록 하라. 더 좋은 것은 시를 쓰는 것이다. 감정 에너지를 발산할 행동을 찾아내라. 그러면 과거의 음산한 늪에서부터 벗어나 돌고래들과 즐겁게 헤엄을 칠 수 있게 될 것이다.

전갈자리를 위한 팁

당신은 본래 영매 기질을 타고났지만, 긍정적인 면보다는 부정적인 면에 치중하는 경향이 있다. 명상을 하는 공간을 만들어서 늘 긍정적인 통찰에 초점을 맞추는 연습을 하라. 그럼으로써 직관을 계발하라. 삶에서 경험했으면 싶은 일들을 기록으로 남겨보라. 날마다 경험하는 좋은 일을 일기에 써라. 부정적인 생각이 날 때마다 즉시 돌이키도록 하라. 날마다 10분씩만 명상에 할애한다면, 훨씬 생산적이고 영혼이 고양되는 삶을 살게 될 것이다. 그리고 인생의 즐거움이라는 위대한 가능성을 맛보게 될 것이다. 우주는 당신을 사랑하고, 당신에게 최선의 것이 되기를 원하고 있다.

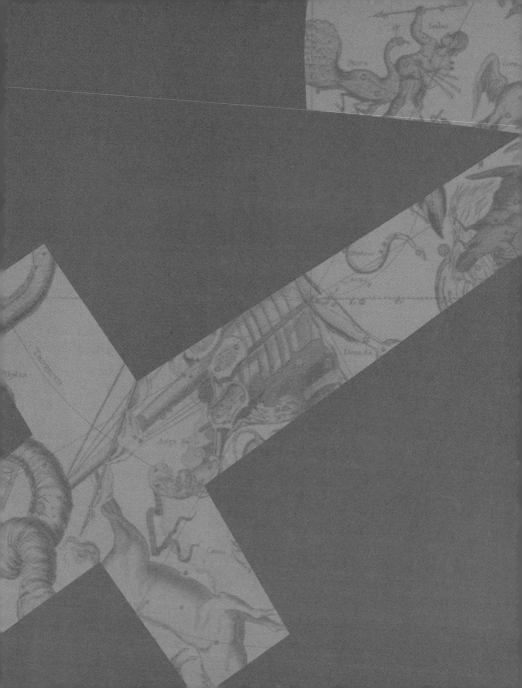

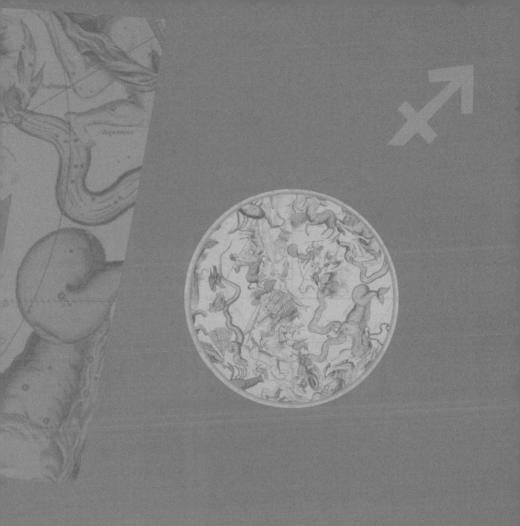

궁수자리 SAGITTARIUS

11월 23일~12월 22일

별자리의 특성

키워드	자유로운 혼, 앞장섬, 정직, 괴짜
지배 행성	목성 – 행운의 신
강점	여행, 철학, 탐구
약점	예측불가능, 변덕, 방어적, 불안정

낙관주의자라는 특별한 재능을 타고난 당신은, 행운을 몰고 다닌다고 할 수 있다. 모험을 사랑하고, 무엇이든 알고 싶어하는 탐구 정신을 지니고 있다. 세상을 놀이 마당으로 인식하는 당신의 이런 세계관은 결코 피상적인 수준에 머물러 있지 않다. 당신은 진실로 산다는 것이 무엇인지를 온몸으로 체험하고 싶어하고, 왜 이 세상에 태어나게 되었는지 알고 싶어한다.

행운의 신인 목성이 지배 행성이어서 어느 정도의 행운은 보장된 것이나 다름이 없다. 아무리 어려운 처지에 빠져도 행운의 신이 항상 당신을 도울 것이다.

최후의 순간에는 반드시 누군가가 나타나 당신에게 구원의 밧줄을 던져 줄 것이다. 절벽 끄트머리에 매달려 있는 듯한 위기에 빠질 수도 있지만, (서커스 단에서 갓 탈출한) 잘 훈련된 원숭이가 트럭에 묶은 밧줄을 당신에게 던져 줌으로써 당신을 구해 준다. 그리고 아찔하도록 멋진 원숭이 주인이 나타나서 데이트를 하자고 요청한다. 당신에게만큼은 이런 일이 일어날 수 있는 것이다!

자유의지를 가진 궁수자리

궁수자리는 사랑스럽고 매력적인 괴짜이다. 당신은 대담하고 솔직하여 항상 자신의 마음을 곧이곧대로 말한다. 무심코 한 말 때문에 곤경에 처하기도 하지만, 이로 인해 오히려 사랑을 받으며 쉽사리 용서를 받는다. 당신은 지루하고 따분한 것을 참지 못하여 늘 뭔가를 하려고 움직이는 경향이 있다. 그로 인해 더 많은 행운을 차지하게 되는 것도 사실이다. 당신은 탁월한 댄서이며 대단한 여행가이다. 다른 별자리들보다 유난히 이국적인 것에 끌린다. 그리하여 당신의 머릿속은 다음번 여행에 대한 기대와 계획으로 가득 차 있곤 한다. 당신에게는 여행의 즐거움이 곱절이라고 할 수 있다. 여행은 당신의 인생길에 변화를 가져오며, 십중팔구는 좋은 쪽으로의 변화이다. 여행길에서 당신을 도와줄 흥미로운 사람들과 소중한 교훈을 줄 사람들을 만나게 된다. 만약 지금까지 그런 것을 의식하지 못했다면 다음번 여행을 기대해 보라.

당신은 선천적으로 앎의 깊이가 상당한 철학자이다. 하지만 철학을 위한 철학을 하지는 않을 것이다. 항상 당신 나름대로의 방식을 추구한다. 당신에게는 개인의 자유가 대단히 중요하다. 그것이 모든 것이다. 당신은 좁은 소견머리를 가지고 이러쿵저러쿵 판단을 일삼는 사람들을 못 견뎌 한다. 모두가 다 자유의지를 갖고 인생이라는 여행을 할 권리가 있다고 믿기 때문이다. 자기 스스로 지휘권을 갖는 세상에서 당신과 함께할 짝을 찾는 데에는 시간이 좀 걸릴 수 있다. 하지만 그런 짝을 발견했을 때 상대는 기꺼이 당신과 함께 정착하려고 할 것이다.

별자리 어드바이스

당신의 입을 항상 조심하라! 당신은 있는 그대로를 솔직하게
말해 버리곤 한다. 그것은 사랑스러운 면모 중의 하나이지만 (그로 인해 주변 사람
들은 편안함을 느낀다), 바로 그것 때문에 성공의 기회를 박탈당할 수도 있
다. 당신이 자신의 느낌을 솔직하게 토로하여, 당신의 상관에게 그
런 좋은 거래 조건에 사인을 하지 않다니 바보 같다고 말한
다면, 당신이 물론 옳을 수 있다. 하지만 당신의 상관
은 사무실에서 다시는 당신의 얼굴을 보고 싶
어하지 않을 것이다. 당신에게는 실로 어이없
는 일이 되겠지만! 이상적으로는 당신 스스로
독립해서 일을 하는 것이 최선이지만, 그래도
당신의 혀를 조심해야 한다는 것을 잊지 말라!

행운의 색깔 LUCKY COLORS

밝은 핑크, 검푸른 색, 바이올렛, 청동색이 당신에게 맞는 색깔이다. 당신은 앞서의 색깔들에 마음이 끌린다. 당신이 상당히 보수적인 궁수자리 태생이라 할지라도, 당신의 집에 가 보면 어김없이 이런 대담한 색깔을 찾아볼 수 있을 것이다. 당신에게 맞는 이런 색깔들은 심장과 목, '제3의 눈 차크라'와 연관된다. 이것은 당신이 언론의 자유에 대해 열정을 지니고 있고, 직관적이며, 철학적인 모든 것에 호기심을 타고났다는 것을 뜻한다. 당신은 생동하는 것을 사랑한다. 활기 찬 당신의 기질은 튀는 색깔을 즐기게 하고, 뭔가 색다른 것을 좋아하게 한다. 이런 기질은 물론 굉장한 것이지만, 시작하기 전에 계획을 먼저 세우는 것을 잊지 말라. 당신은 마음이 끌리는 뭔가 색다른 것을 사들이는 경향이 있을 것이다. 이런 색 다른 스타일들을 한데 결합시킬 수 있는 방안을 생각해 보라. 집안을 새로 칠할 계획이라면 무모하게 페인트 깡통을 따기 이전에, 조금 돈이 들더라도 미리 테스트를 해보라. 당신은 자발적이고 창조적인 성품이 너무 지나쳐서 미리 조심하지 않는다면 집안을 온통 요란한 색깔들로 도배할 가능성도 없지 않다. 계획은 세우는 것이 아주 중요하다. 그렇지 않다면 당신의 집안은 서로 다른 색깔과 스타일의 전시장이 되어 버릴지도 모른다. 당신조차도 인정할 수가 없는!

관능적인, 너무나 관능적인!

당신은 대단히 정력적인 연인이며, 대단한 호색가의 기질을 타고났다. 충동적이고 모험을 좋아하는 당신은 연인을 어떻게 해야 만족시킬 수 있는지를 잘 안다. 다른 별자리들과 함께 훌륭한 연인이 될 수 있는 4대 별자리 중의 하나이다. 나머지 3개 별자리는 전갈자리(연인으로서 다소는 전략적이고 섹스를 무기처럼 사용하지만), 양자리(정력이 대단하지만 전희 기술은 좀 부족하다), 물고기자리 (활력은 당신보다 떨어지지만 낭만적이고 신사답다) 등이다.

　　당신에게 유일하게 부족한 점이 있다면, 강요당하는 것을 좋아하지 않는다는 것이다. 당신은 모험의 정신을 지니고 있고, 당신이 바보 같다고 생각하는 사람들과 함께 있는 것을 견디지 못한다. 이로 인해 상어가 떼지어 몰려 있는 물 속으로 자진해서 뛰어들 수 있다. 당신은 발끈해서 화를 내고는 곧 잊어버리고 용서하지만 다른 사람들은 당신의 거친 말씨를 그리 쉽게 잊을 수가 없기 때문이다. 하지만 당신의 섹시한 매력이 당신을 도와줄 것이다. 동물적인 자력으로 사람들을 끌어들여, 그들로 하여금 당신을 기쁘게 하고 싶어하도록 만들 수 있다. 그런 것이 나쁠 리가 없다. 그렇지 않은가?

　　당신은 여행과 관련된 직업에서 성공할 가능성이 높다. 배움의 열정을 지닌 당신은 선생이나 강연자로서도 대단한 능력을 발휘할 가능성이 있다. 배움에 대한 그런 열정은 학생들에게도 전염성을 갖게 마련이다. 또한 운동을 좋아하고 매우 튼튼한 사람이어서, 육체에 관한 한 남보다 몇 걸음 정도는 쉽게 앞서 나간다.

그뿐인가? 《예언자》의 저자인 칼릴 지브란은 궁수자리이다. 《예언자》는 일찍이 씌어진 책들 중에서도 가장 심오한 철학서로 손꼽힐 만하다. 후대에도 이런 빛나는 작품은 영영 나오지 못할 것이라고 말하는 사람들이 적지 않다. 궁수자리의 영감은 붙잡을 수 있는 것이 아니다. 자기 스스로 의지를 갖고 있다고 할 수 있다. 그러니 영감이 떠오르거든 즉시 뭔가를 하라. 절대 미루거나 기다리지 말라!

당신의 기질을 대충 스케치한 것들 중 하나를 소개하자면, 화를 빨리 내지만 그것이 이성적이지 못한 경우가 적지 않다는 것이다. 나름대로 마음속에 일련의 규칙들을 무성하게 가지고 있어서 일종의 미니 우주를 창조하지만, 그것이 있는 그대로의 현상 자체와는 반대되는 경우가 적지 않다. 당신이 마음속에 선언하고 있는 것들을 침실 벽에라도 써 붙여놓지 않는다면, 연인들이나 동료들은 이런 규칙들을 알 리가 없다. 당신이 정해 놓은 독특하고도 교묘한 규칙에 위배되는 일이 발생하면, 당신은 폭발하고 만다. 상당수는 그 사람을 믿지 못해서 일어나는 일이기 쉽다. (심지어는 당신이 정해 놓은 규칙대로 커피를 타지 않았다는 이유일 수도 있다.) 하지만 당신에게는 어떠한 악의도 없고, 해를 끼치겠다는 의도 또한 없다. 단지 삶에 대한 열정에서 나온 것일 뿐이다. 당신은 그만큼 야성적인 사람이라는 것을 인정하고 이렇게 화내는 습성을 고쳐야 할 것이다. 화를 폭발시키기 전에 한 번 더 생각하는 버릇을 들여야 한다.

궁수자리의 행운아

그리스의 선박왕 아리스토틀 오나시스, 세계적인 석유왕이자 구두쇠 재벌로 알려진 존 폴 게티, 힐튼 호텔의 창시자인 콘라드 힐튼은 모두 괴짜로 알려진 부자 궁수자리들이다. 존 폴 게티는 83세로 사망할 당시 40억 달러의 자산가였다고 한다. 한때는 세상에서 가장 많은 사유 재산을 가진 개인으로 손꼽히기도 했다. 그를 까다로운 노인네라고 생각하는 사람도 적지 않은데, 그것은 사람들이 자신의 재산을 탐하여 덕이라도 좀 볼까 기대하곤 하는 것을 한탄할 때가 많았기 때문이었다. 한때 그는 10억 달러라는 것이 흔히 생각하듯이 그렇게 큰 돈이 아니라고 말하여 세상을 놀라게 하기도 했다! 그렇게 많은 부를 축적하기까지는 행운이 따랐음이 분명하다. 그의 인색하고 투덜대기를 좋아하는 기질은 전혀 궁수자리답지 않다는 평가도 있다. 궁수자리는 대체로 관대하고 아량이 넓은 것으로 알려져 있기 때문이다. 게티는 한 푼이라도 절약하고 아끼는 것이 백만장자가 되는 유일한 길이라고 생각했다. 이 점만큼은 궁수자리들에게 현명한 충고가 될 것 같다. 그는 손님들이 사용한 전화요금을 자신이 부담하지 않으려고 자기 집에 공중전화를 설치하기까지 했을 정도였다.

괴짜 부자로 알려진 존 폴 게티 ☞

그런가 하면 궁수자리는…

세상에서 가장 용감한 아티스트로 손꼽히기에 조금도 손색이 없는 브루스 리는 전형적인 궁수자리이다. 그의 육체적인 강인함과 기민한 스타일은 말할 나위도 없이 그가 태어난 별자리에서 힘입은 바 크다. 그는 할리우드의 편견과 차별대우에 맞서 여러 해 동안 싸웠으며, 결국엔 〈분노의 주먹〉으로 성공을 거두었다. 부르스는 텔레비전 연속극인 〈쿵후〉의 주연을 맡기로 예정되어 있었지만 할리우드의 인종 차별주의로 인해 좌절되었다고 한다. 그러나 궁수자리답게 이를 계기로 더욱 더 성공을 향한 열정에 불을 붙였다. 스타로서 입신출세한 셈이지만 뇌부종으로 고통을 받다가 세상을 떠났다. 50만 달러를 들여 만든 브루스의 영화사는 이후 120만 달러의 순익을 기록할 정도로 성장했다.

행운의 숫자 LUCKY NUMBERS

궁수자리에게 행운의 숫자는 9, 18, 34, 그리고 3이다. 숫자 9는 궁수자리인 당신에게 태어날 당시의 자질 그대로 용기 있고 힘 있는 사람이 되도록 에너지를 불어넣는다. 9가 들어간 주소에서 살거나, 특별히 이 숫자에 끌린다면, 그것은 자유롭게 살고 싶은 모험과 열정을 당신에게 부여할 것이다. 그리하여 당신은 자신 안에 있는 신이나 여신의 기질을 발현시키게 된다! 숫자 9에 둘러싸여 살게 되면 당신은 본연의 파동수를 되찾을 수 있도록 자극을 받아 만사가 훨씬 부드럽게 진행된다. 3은 당신이 뭔가를 처음으로 구축하거나 토대를 세우기를 원할 때 대단히 도움을 주는 숫자이다.

이렇게 마음을 다잡아라

당신은 한 사람의 사업가로서, 이 인생에서 당신이 원하는 것들을 실현시킬 많은 아이디어를 갖고 있다. 당신에게 있어서 삶이란 하나의 모험임에 틀림없다. 당신이 살고 있는 현실이 아무리 지루하고 따분하다고 해도, 당신은 아마도 어떤 별자리보다도, 세상의 탐험에 나설 가능성이 짙다. 여행이란 당신이 이 세상에 태어난 목적이기도 하다는 것을 결코 잊지 말라. 매우 드물게는 현실의 세상 여행을 좋아하지 않을 수도 있지만, 그런 궁수자리는 아마도 편안하게 앉아서 철학이나 형이상학을 연구하는 여행에 매료되어 있을 것이다. 당신은 배움에 대한 열망이 크다. 어떤 것이든 추구하고자 하는 당신의 열정을 따르는 것이 매우 중요하다. 자리를 털고 일어나 배움을 위해 문화 센터로 가거나, 지도를 펼치고 어느 나라로 떠날 것인지를 결정하라.

궁수자리를 위한 팁

여행은 당신에게 영감을 줄 뿐만 아니라, 당신의 삶을 변화시킬 계기를 마련해 준다. 여행을 할 때 당신은 자신의 힘을 발견해 내어 새로운 삶의 사이클을 시작할 수 있게 된다. 판에 박힌 삶을 살고 있거나 감정적으로 메말라 있거나 마음 상한 일이 있다면 여행을 계획하라. 우주를 향해 당신의 문제를 풀어 달라고 부탁하라. 여행을 하는 동안 해답이 마법처럼 떠오를 것이다. 당신을 도울 사람들을 만날 것이고, 당신을 이끌어 줄 우연한 사건들을 맞닥뜨리게 될 것이다. 집에 돌아올 때, 당신의 생각은 훨씬 분명하고 긍정적으로 변해 있을 것이고, 삶에 대한 확신으로 에너지가 고양되어 새롭게 시작할 수 있을 것이다.

염 소 자 리 CAPRICORN

12월 23일~1월 20일

별자리의 특성

키워드	책임감, 잘 훈련되었음, 힘든 일, 풍요
지배 행성	토성 – 힘든 과업의 신
강점	돈벌기, 비즈니스, 은행 업무, 건축
약점	완고함, 엄격함, 비판, 지배하려 함, 공격성

모든 별자리 중에서도 염소자리인 당신은 특별히 목표를 이룰 수 있는 능력으로 축복을 받았다. 그러기 위해서는 힘든 과정이 요구되지만 당신은 능히 그것을 할 수 있는 능력을 갖고 있다. 어떠한 환경에서 태어났든 당신은 결국 정상에까지 오를 수 있다. 염소자리 태생들 중에는 무일푼에서 출발하여 최상의 위치에까지 오른 사람들이 많다. 염소와 마찬가지로 당신은 정상에 도착할 때까지 끈질기게 기어 올라간다. 가는 동안에도 필요하다면 행복하게 풀을 씹어 먹는다. 그리하여 마침내는 풀이 아닌 삶의 오아시스를 발견하게 되는 것이다. 참고 버티는 한, 당신

은 결국 성공을 하고 말 것이다. 다른 별자리들은 백만 달러를 모으기 이전에 싫증을 느끼고 말지만, 당신은 그렇지 않다. 당신에게는 성취의 피가 흐르고 있기 때문이다.

돌진하는 영혼

당신에게 일하고자 하는 목적이 일단 정해지기만 하면, 신도 당신의 꽉 쥔 주먹을 강제로 펼 수 없다. 당신이 만약 아직 성공하지 못하고 있는 염소자리라면 뜻을 세워 집중하라! 꿈꾸어 온 것 이상을 틀림없이 달성할 수 있을 것이다. 당신의 지배 행성은 토성으로 배움을 관장하는 별이다. 당신은 아무리 힘든 공부라도 두려워하지 않는다. 당신의 배움의 대부분은 어린 시절에 학습된다. 당신은 자제력의 대가이며, 그것은 당신으로 하여금 목적 달성을 향해 달려가게 해주는 큰 힘이 아닐 수 없다.

다른 사람들은 당신을 완고하다고 하고, 고집이 세다고 하고, 다루기 어렵다고 하겠지만, 실제로 당신의 마음은 아주 단순하다. 책임감으로 똘똘 뭉쳐 있고, 해야 한다면 열 사람 몫이라도 해치울 정도로 부지런을 떤다. 일에 대단히 열심이어서 왜 다른 사람들은 당신의 기준에 못 맞추는지 의아해한다. 상관을 무례하게 대하는 일은 결코 없지만 그들이 하는 일에 시선을 떼지는 않는다. 지나치게 진지한 것은 다른 사람들로 하여금 당신을 믿게 하는 근거가 되기도 하지만, 때로는 막역한 사이가 되지 못하게 하는 장애가 되기도 한다. 그러니 좀더 마음을 열고 즐겨라

당신은 무엇이든 자기 스스로 다스리고 조종해야 한다고 생각하는 경향이 짙다. 특히 보스일 때는 더욱 그렇다. 당신은 동료들에게 자신이 원하는 바가 무엇인지, 동료들이 무엇을 필요로 하는지 잘 안다. 좌절도 하고 조급해하기도 하겠지만, 당신은 확실히 전문가의 전형인 것만은 분명하다.

별자리 어드바이스

(할 수 있다면) 당신의 강철 같은 주먹을 부드러운 글러브 안에 감추도록 하라. 당신이 옳다고 생각할 때는 다른 사람들을 밀어붙이고, 당신의 기준에 맞지 않는다고 비난하기 쉽다. 우리 모두는 저마다 다르다. 어느 정도가 충분한 것인지 저마다 견해가 다르고, 완전에 대한 기준도 저마다 다르다. 당신이 옳다고 믿는다 할지라도 강압적으로 당신의 주장을 강요하기보다는 부드럽게 설득하려고 애쓸 필요가 있다. 그런 부드러움이 당신의 목표 달성을 도와줄 것이고, 낭신의 동료들에게 호감을 사게 할 것이다. 행운이란 어느 정도는 카르마에 따라 이루어진다. 당신이 뿌린 것을 거두는 것이다!

행운의 색깔 LUCKY COlORS

염소자리는 갈색과 목탄색, 회색 등 약간은 둔한 색깔들과 깊은 관련을 가진다. 이런 수수한 색이 아닌 다른 색깔들을 고려해 보라. 갈색과 검정색, 목탄색을 배경으로 하면 당신은 확실히 멋져 보인다. 하지만 여름에는 도대체 무슨 색의 옷을 걸칠 것인가? 하얀색은 당신에게 멋진 배경이 되어 줄 것이다. 오렌지색은 당신의 갈 길에 큰 도움을 준다. 왜냐하면 오렌지색은 엉치뼈 밑에 있는 '천골 차크라'(배꼽 주변에 있는 에너지 센터)를 회전시키기 때문이다. 천골 차크라는 창조력과 관능의 중심으로, 당신의 에너지 수준을 끌어올려 준다. 노랑색역시 당신에게 활력을 불어넣어 줄 것이다. 몸무게가 불어나는 경향이 있다면, 부엌을 오렌지색으로 칠하지 말라. 오렌지색은 식욕을 북돋워 줄 것이기 때문이다. 장식을 하는 문제를 두고 편한 마음으로 생각을 해 보면, 당신의 패션 감각에도 변화의 바람을 일으킬 수 있다. 현대 감각의 잡지를 몇 권 구해 보라. 음미하면서 즐겨 보라. 서두르라고 당신을 몰아세울 사람은 아무도 없다. 최근 당신의 차림새를 체크해 보고, 당신에게 어울리는 것을 찾아보도록 하라. 좋아하긴 하지만 선뜻 선택할 수가 없었던 색깔들에 대해 생각해 보라. 의심스럽거든 도움을 청하라.(도움을 청한다는 것이 당신에게는 힘든 일일 수 있다. 하지만 그럼으로써 당신은 파트너나 친구들과 더 친해질 수 있다.) 가급적이면 최신 유행을 따르도록 하라. 당신 자신처럼, 그것이 세련되고 고급스러운 것이라면!

절대로 포기하지 말라, 절대로 넘겨주지 말라

우주물리학자인 스티븐 호킹 교수는 염소자리 특유의 근성을 지닌 사람으로, 여러 가지 곤란을 무릅쓰고 《시간의 역사》라는 저서로 세계적인 성공을 거두었다. 그의 저서는 수많은 세일즈 기록을 깨부수며 단 3일 만에 베스트셀러 1위 자리에 올랐다. 그는 당시 근위축성측색경화증(루게릭 병)으로 고통을 받고 있었지만, 조금도 굴하지 않았다. 스티븐이 분명히 보여주었듯이 염소자리의 자질 중 하나는 자신의 처지를 조금도 탓하지 않고 어떠한 도전에도 일어서는 용기와 근성을 지녔다는 점이다.

가장 유명한 염소자리 태생은 물론 미국의 가수이자 영화배우로도 활동한 엘비스 프레슬리일 것이다. 그는 몹시 가난한 가정에서 태어났지만 어마어마하게 성공하여 부를 쌓았다. 미국의 흑인해방운동 지도자 마틴 루터 킹 역시 염소자리 태생이다. 킹은 정의와 평등을 위해 싸움으로써 세상에 엄청난 영향을 끼쳤다. 그는 자신의 믿음을 지키기 위해 목숨을 바쳤다. 뭔가 큰 뜻과 신념이 있다면 가야 할 길을 그가 앞서 보여준 셈이다. 염소자리인 당신에게는 다른 별자리보다도 역할 모델이 많다. 당신은 무에서 출발하여 정상에까지 오를 수 있다.

당신은 또한 놀랄 정도로 재치가 있는데, 이를 기쁨으로 이용할 수도 있고 파괴로 이용할 수도 있다. 다른 사람들이 가진 약점을 잘 아는 당신은 때로는 그것들을 가지고 고양이가 쥐 가지고 놀듯 한다. 화가 날 때는 성미가 급하지만 그렇다고 항상 (궁수자리처럼) 폭발을 잘 하는 것은 아니다. 당신은 희생물을 파멸로 몰아넣기 전에 충분히 가지고 놀 것이다.

행운의 보석

다이아몬드(물론 값비싼 것이라야 한다)는 당신에게 영감을 주고, 번뜩이는 아이디어를 주며, 심지어는 당신의 마음을 밝게 해준다. 그것은 당신에게 만족감과 자기 확신의 느낌을 안겨 준다.

호안석은 당신의 지성에 자극을 주고, 고치처럼 감싸고 보호해 주며, 자아에 대한 통찰력을 증가시켜 준다.

마노석은 당신을 본성이자 뿌리와 다시 이어준다. 이 돌을 지니고 다닌다면 당신은 뿌리가 내린 듯 안정감을 느끼게 될 것이다. 그것은 당신에게 정원 일을 위해서 바깥으로 더 자주 나가도록 당신을 고무할 것이다. 그건 결코 나쁜 일이 아니다. 그렇지 않은가?

머리로 사는 당신은 감정 표현에 어려움을 겪을 때가 많다. 그런 말을 들어도 좀처럼 아프게 여기지 않고, 자신의 약점으로 인정하지도 않는다. 이를 극복하라, 그러면 훨씬 많은 지지자를 가질 수 있을 것이다. 사람들은 당신을 무너뜨릴 수 없는 강자라고 생각하지만 그것은 결코 진실이 아니다. 어떤 의미에서 당신은 다른 어느 누구보다도 더 많은 지원을 필요로 하는 사람이다(당신만이 그것을 인정할지도 모르지만).

미국의 대부호였던 하워드 휴즈에게서 배워라. 그는 호텔에서 향락을 즐기다가 죽었는데 아무도 그의 죽음을 애도하지 않았다. 그는 충분히 부를 쌓아 재정적인 안정을 누리게 되었지만, 개인적으로는 결코 행복했다고 할 수 없을 것이다. 마지막 날에 당신에게 필요한 것은 조화와 균형이다. 관계냐 성공이냐 사이에서 반드시 선택을 해야 할 필요는 없다. 전부가 아니면 아무것도 아니라는 당신의 완고한 태도가 당신이 가는 길에 장애가 된다. 당신 자신에게, 그리고 당신과 가까운 사람들에게 너무 완고하게 굴지 않도록 애쓰라. 당신은 겉보기엔 완고하고 거친 사람이지만 내심으로는 애정을 갈망하는 귀여운 곰돌이라고 할 수 있다. 바위처럼 엄격하게 굴지 말고, 사랑이 들어오도록 자신을 열어주고 다른 사람들이 당신을 보호하고 주의를 기울일 수 있도록 틈새를 마련해 주어야 한다.

더 헐렁해져라! 인생이란 당신이 허용하기만 한다면 훨씬 더 기쁘고 즐길 만한 것이다. 하루에 열여덟 시간씩, 일주일 동안을 꼬박 성공을 위해서 일을 해야만 한다고 자신에게 강요하지 말라. 한가롭고 평온하게 원하는 모든 것을 수락하는 쪽으로 사고 패턴을 바꾸어 보라. 그러면 그렇게 될 것이다.

행운의 숫자 LUCKY numbers

염소자리에게 행운의 숫자는 10, 8, 1, 그리고 11이다. 8은 당신의 지배 행성인 토성과 공명하여, 당신에게 견고한 안정감을 준다. 당신이 부유하고 원하는 많은 것들을 이미 얻었다면, 이 숫자는 당신에게 대단한 효력을 발휘한다. 이미 행운을 누리고 있다면 8과 관련된 집에서 사는 것이 그러한 부를 28년 동안 유지할 수 있도록 도와줄 수 있을 것이다. 하지만 아직 불운하거나 혼자라면, 역병과도 같은 8의 숫자를 피하라. 왜냐하면 그런 불운 또한 28년 동안 당신과 함께할 것이기 때문이다! 새로운 프로젝트를 시작할 거라면, 그래서 에너지를 얻어 성공을 향해 달려가고 싶다면, 1이라는 숫자가 대단히 유효하다.

염소자리의 행운아

미국에서 태어난 맬 깁슨은 열두 살 때에 가족과 함께 호주로 이민을 갔다. 어렵지 않게 배우가 되어 처음으로 출연한 메이저급 영화가 〈매드 맥스〉였는데, 출연료가 고작 1만 달러였다. 그 후 멜은 거듭해서 히트작을 내놓고, 〈브레이브 하트〉로 두 개 부문에 걸쳐 아카데미 상을 받았다(최우수 남우주연상, 최우수 감독상). 할리우드의 다른 빅 스타들과는 달리 그는 행복한 결혼 생활을 이루고 일곱 자녀를 두고 있다. 스캔들에 연루된 적도 한 번도 없어서 매우 가정적인 남자로 칭송을 받는다. 바쁜 스케줄 속에서도 그는 늘 가족과 함께 시간을 보내려고 애쓴다. 그러면서도 그것으로 충분하지 않다는 듯이 해마다 눈부신 성장을 거듭하는 것 같다.

아직도 그는 할리우드에서 가장 섹시한 남성들 중 한 명으로 꼽힌다. 착실한 생활 태도와 천성의 매력이 세계에서 가장 운 좋은 남자로서뿐만 아니라 가장 멋진 남자로서도 손꼽게 해주는 것 같다. 염소자리 태생이여, 맬 깁슨에게서 일과 가정 사이에서 조화와 균형을 유지하는 법을 배워라.

대스타이면서도 가정을 소중히 돌볼 줄 아는 멜 깁슨 ☞

그런가 하면 염소자리는…

제니스 조플린은 당대에 가장 잘 나가는 대형 가수 중의 한 명이었다. 그녀는 당대의 어떤 남성 록 스타들과 견주어도 손색이 없는 파워풀한 목소리를 지니고 있었고, 삶 자체가 로큰롤 스타일이었다. 그녀는 한 마디로 섹스와 마약과 로큰롤의 여신이었다. 그러나 이 천재는 불행하게도 스물일곱이라는 한창 나이에 스스로 목숨을 끊었다.

　　얼마나 성공을 했든, 그녀의 마음속 한 부분은 끔찍한 불안으로 고통을 받고 있었다. 고교 시절 그녀는 '가장 추악한 사람에게 주는 상'이라는 이상한 상(아마도 질투심 많고 얌전한 체하는 처녀자리들에 의한 것이겠지만)에 노미네이트 되었다. 온갖 조롱에도 불구하고 그녀는 염소자리가 늘 그렇듯이 결국 정상에까지 기어 올라갔다. 그녀의 독특한 개성과 불가사의한 매력으로 말미암아 수백만이 그녀를 숭배했다. 고리타분한 전통과는 거리가 먼데도, 엘비스와 흡사하게 염소자리 특유의 안정감(염소자리가 속하는 4대 원소는 흙이다)이 그런 매력으로 이어진 것 같다. 그녀가 갑작스럽게 목숨을 끊은 것은 자신에 대한 신뢰의 부족 탓이라고 볼 수밖에 없다. 염소자리의 심장에는 자기 의심이 설 자리가 없었던 것이다. 염소자리인 당신은 충분히 환상적이다. 그것을 믿어라!

이렇게 마음을 다잡아라

당신의 문제는 당신이 속한 4대 원소인 흙을 어떻게 다스릴 것이냐가 아니다. 그냥 흐르는 대로 내버려두는 것이 당신에게 주어진 숙제이다! 당신에게 아이들이 있다면, 그들을 바깥으로 내보내어 마음껏 장난을 치고 놀게 하라. 트램펄린 위에서 퐁퐁 뛰게 하고, 아이스 스케이팅을 가게 하라. 뒷마당에 텐트라도 쳐주도록 하라. 당신에게 아이들이 딸려 있지 않다면, 몇 명을 빌려 오기라도 하라! 당신의 친구들은 아기를 돌보는 이가 생겨서 기뻐할 것이고, 당신은 그들과 함께 노는 기쁨을 배우게 될 것이다. 당신 안에 있는 내면의 어린이를 만나라. 스케이트보드를 타고, 물 뿌리는 호스로 서로 물싸움을 하라. 무엇이든 당신의 마음을 밝고 가볍게 해줄 것이다! 때로 아이들은 어른들보다 훨씬 더 많은 것을 우리에게 가르쳐 준다. 자연스러움이란 어떤 것인가를 아이들은 말없이 가르쳐 주는 것이다.

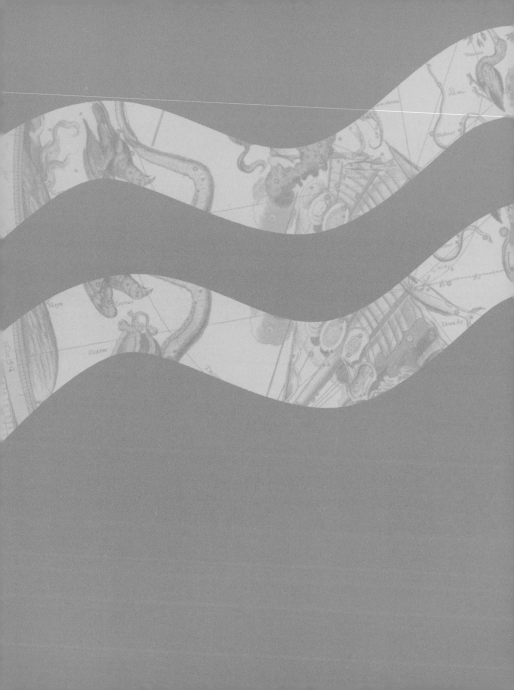

물병자리 AQUARIUS

1월 21일 ~ 2월 19일

별자리의 특성

키워드	인간적임, 자유, 평등, 남녀양성
지배 행성	천왕성 – 개인의 신
강점	창조, 사색, 유행, 독창성
약점	초연함, 지나친 비평, 변덕, 무관심

물병자리 태생인 당신은 신이 부여한 풍부한 자질을 타고났을 뿐만 아니라, 우리 모두가 물병자리 시대에 살고 있기 때문에, 당신이 원하기만 하면 자기 자신을 빛낼 수 있는 기회를 갖고 있다고 할 수 있다. 당신은 비전의 시대에 태어나 비전이 많은 존재이다. 당신을 멈춰 세울 수 있는 유일한 것은, 그런 모든 비전을 구체적으로 현실화시킬 수 있느냐의 여부가 아니라, 머릿속의 그 모든 놀라운 생각들을 떠나보낸다면 어쩌겠느냐고 묻는 것이다.

당신은 분명 당신이 태어난 시대보다 몇 걸음쯤 앞선 생각들을 지닌 놀라운 창조물이다. 뿐만 아니라 다른 사람들에 대해 굉장한 자비심을 지니고 있다. 개인의 자유를 신성한 권리로서 생각하고, 우리 모두는 인종이나 성, 신체적인 불구나 정치적 견해에 상관없이 모두가 다 평등한 존재라는 인식을 갖고 있다. 천왕성의 지배를 받는 당신은 자유로운 영혼으로서의 열망을 지니고 있어 어떠한 종류의 제한도 혐오한다. 당신은 남녀 양성의 기질을 모두 갖고 있다고 느낄지도 모른다. 때문에 성에 의해 당신이 규정되고 제한되는 것 역시 싫어한다.

명민한 물병자리

당신은 예리하고 과학적인 두뇌의 소유자로서, 당신이 살고 있는 시대보다 10~20년은 앞서 있다. 장차 어떠한 사회적 가치가 우세하리라는 것을 잘 알고 있기에 당신은 컴퓨터나 모든 종류의 새로운 대화 수단에 이끌린다. 지식을 그저 당연한 것이라고 치부하지 말라. 당신이 거기에 발을 들여놓는다면 엄청난 행운을 창조할 수도 있다. 당신은 사실 놀라운 발명가이며, 아주 작은 씨앗에서도 굉장한 아이디어를 발전시킬 수 있는 능력자이다. 다른 어떤 별자리보다도 물병자리에 태어난 천재들이 많다. 그런 천재로서의 유전인자는 기이한 천왕성으로부터 유산으로 받은 것이다. 물병자리에 태어난 사람 중에는 발명가나 발견자가 많다. 저명한 천문학자이자 발명가인 갈릴레오 갈릴레이도 물병자리 태생이었다. 그렇기에 당신은 시간과 공간에 매혹되어 다른 세계는 까맣게 잊어버릴 소지가 다분하다.

물병자리 태생인 당신은 과학소설과 UFO에도 많은 관심을 갖고 매혹되는 경향을 보인다. 외계인과 첫 접촉을 하는 사람은 아마도 물병자리 태생이 아닐까 싶다. 당신은 천문학뿐만 아니라 점성술과 우주여행 등에 대해서도 많은 관심과 자질을 갖고 있다. 《섹스의 즐거움》을 쓴 알렉스 캄포트, 섹스 연구가인 버지니아 존슨처럼 섹스를 지적으로 체계화시키는 자못 흥미로운 재능을 보이기도 한다. 그러니 탁월한 작가가 될 수도 있을 것이다. 팔방미인인 당신의 손에서 벗어날 수 있는 분야가 어디 있겠는가?

별자리 어드바이스

한 번에 하나씩만 붙들고 늘어지는 끈기를 기르도록 하라. 에너지
가 너무 넘친 나머지 이 생각에서 저 생각으로 뛰어다니기 때문에 한 가지 일도
제대로 끝마칠 수 없을까 봐 우려하지 않을 수 없다. 당신은 왜 자신에게
는 마무리되는 일이 없는지 의아할 때가 적지 않을 것이다. 하지
만 스스로 하나하나의 프로젝트(사랑도 포함하여)에 대한
헌신도를 곰곰 따져 본다면 왜 그런지 이유를 알
수 있을 것이다. 당신은 한 군데에 묶이는 것
을 싫어하여 빠른 시간 안에 폭발적으로 일을
한 다음에는 시무하고 권태로워하기 일쑤이다.
당신의 피 속에 흐르는 천재의 피를 부디 현명하
게 사용하라!

행운의 색깔 LUCKY COLORS

물병자리 태생은 은색, 밝은 청색, 청록색과 함께하면 눈이 부시게 멋져 보인다. 파랑색은 '목 차크라' 의 색깔로서 진실을 말하는 것과 관계된다. (양자리와 궁수자리를 제외한) 다른 별자리들과는 달리, 당신은 진실을 말하거나 자신의 생각을 표현하는 데에 아무런 문제가 없다. 당신이 그렇게 느끼냐와는 별개의 문제지만, 당신은 사실 대화를 나누고 교류를 하기 위해 살아간다고 해도 과언이 아니다. 말하기, 생각을 나누고 공유하기, 문제를 풀어 나가기 등이 당신의 인생에는 대단히 중요한 과제이다. 감정을 북돋우려면 핑크색을, 창조력에 불을 켜고 안정감 있는 관능을 만끽하고 싶다면 오렌지색을 선택하라. 자기 보호를 위해서는 은색을 사용하라. 은색은 비관주의에 울타

리를 쳐서 막아주는 마법의 방패 구
실을 해줄 것이다. 당신의 몸이 은빛으
로 감싸여 있다고 상상하라. 보호받고
있다는 느낌과 함께 존재가 고양될
것이다. 주변에 시큰둥한 사람들이 많을
때는 특히 이런 방법을 사용해 보라. 때로
당신은 멋진 비눗방울 같아서, 자기 한계
에 갇힌 평범한 사람들은 불만의 바
늘로 그 비눗방울을 터뜨리고 싶어
한다. 당신은 비전과 자극적인 것으
로 가득 찬 방으로 달려갈 때가 많지
만, 다른 사람들의 부정성 때문에 실
망하곤 한다. 은빛으로 낭신
의 오라를 봉쇄한다면,
그 어떤 것도 당신을
뒷걸음치게 할 수 없
을 것이다.

기발한 괴짜

이 모든 비범한 명석함으로 인해 당신은 빛나지 않을 도리가 없다. 당신을 미처 이해하지 못하는 이들도 적지 않을 것이다. 그게 자유주의적인 생활 태도와 파격적인 옷차림 때문일 수도 있다. 하지만 당신은 언제나 무리 중에서 단연 우뚝 빛나는 존재이다. 당신은 규범에 순응하지 않으며, 있는 그대로의 자신을 표현해야 할 필요성을 느끼곤 한다. 다른 사람들이 분개하여 논쟁에서 감정적이 되어도, 당신은 기이할 정도로 초연하다. 당신은 논쟁에 이기기 위해 감정을 사용하지 않고 두뇌의 힘을 사용한다. 다른 사람이 공격해도 당신은 별로 괴로워하지 않는다. 다른 사람의 견해쯤이야 전혀 상관하지 않는다. 삶을 통하여 상대적으로 상처를 잘 받지 않는 천성을 타고난 것이다.

당신은 불의를 꺼리고 싫어하며, 당신에 대해 다른 사람이 이러쿵저러쿵 하는 것을 싫어한다. 그런 견해를 들으면 당신 자신과 관련지어 파악하기보다는 그들 자신의 잘못으로 볼 것이다. 당신은 신념을 위해, 삶의 더 높은 목적을 추구하기 위해 싸운다. 하지만 조심하지 않는다면 약물에 빠질 가능성도 있고, 함께 모여서 즐기는 파티에 중독이 될 수도 있다. 마침 좋은 시기에 태어난 당신은 아마도 물병자리 시대와는 거의 반대편이라 할 복음주의 종교에도 유혹을 느꼈을 것이다. 어떤 영역에 유혹을 느끼든, 때로 당신은 이 지구가 왠지 당신의 몸과 마음에 걸맞지 않은 것처럼, 마치 뭔가 잘못된 장소로 떨어진 듯한 느낌이 들 것이다. 이것은 당신의 머리가 계속해서 구름 속에서 놀기 때문이다.

행운의 보석

터키석은 영감을 부여할 뿐만 아니라 당신의 비전을 삶 속에서 구현할
수 있도록 안정감도 함께 선사한다. 영감과 비전의 불을 밝히려면 은줄이 있는
터키석 한 조각을 찾아내도록 하라. 이 돌은 당신에게 고향에 있는 것 같은 안정감을
주기 때문에, 이것을 착용하거나 지니고 다니면 당신은 즉각 그 혜택을 알아차릴
수 있을 것이다. **천하석**(天河石)은 모험에 대한 열망을 불어넣어 주고, 정신
적으로나 물리적으로나 새로운 영역을 탐험할 필요성을 일깨워 준다.
이 돌은 특히 여성들에게 유용하다. **적철석**(赤鐵石)은 자기 평가
와 자아에 대한 감각을 밀어 올려주는 유용한 돌이다. 기
분이 저조할 때나 자신감이 부족할 때 이 빛나는
은빛 돌이 당신을 위해 존재한다. 무대에 올
라가 강연을 해야 할 때나 뭔가를 실
연해 보여주어야 할 때 이 적철
석은 무대 공포증으로부
터 당신을 보호해
줄 것이다.

기념비적인 당신의 대단한 두뇌를 잘 활용하면, 내면의 평화를 얻을 수 있을 것이지만, 먼저 균형점을 확실히 찾아내야 한다. 머리가 아프거나 멍해질 때면, 시간을 내서 조깅이나 아이스 스케이팅, 정원일 같은 것으로 허공에 떠도는 생각들을 가라앉혀야 한다. 땅과 연관되는 일은 무엇이든 당신에게 좋은 에너지를 선사해 줄 것이다.

한 사람의 물병자리 태생으로서 당신은 자신이 본 것을 대체로는 이해할 수 있지만 물밑에서 진행되는 게임이나 조작 따위는 이해하지 못한다. 다른 사람들이 솔직하지 못할 때 당신은 혼돈스러워 하는 것이다.

굉장한 마법이 당신을 기다리고 있다. 당신이 해야 하는 모든 것은 명석한 두뇌로 하여금 그것을 구체적인 현실로 바꿀 수 있도록 그저 발을 들여놓는 것뿐이다. 당신은 하나의 밴드를 결성하겠다는, 드라마 스쿨에 가겠다는, 질병을 끝장낼 약초를 발견하기 위해 아프리카의 세렝게티 국립공원으로 여행을 떠나겠다는, 혹은 삶의 의미를 찾기 위해 히말라야의 수도원으로 가서 명상을 하고 싶다는 강한 열망을 품을 수 있다. 원하는 것이 무엇이든 일단 시도해 보라. 그런 것을 시도해 보지 않고서, 당신에게 내면의 평화를 가져올 것이 무엇인지를 어떻게 알 수 있겠는가? 머릿속에서만 이루어지는 모험은 아무 가치가 없다. 당신에게 주의해야 할 점이 있다면 바로 그 점이다. 당신이 그 사실을 인지하든 안 하든, 당신은 다른 사람들에게 많은 영감을 준다. 당신이 지금 퍼뜨리고 있는 메시지를 사람들이 알아듣고 찬탄할 수 있기까지는 몇 년이 걸릴지도 모른다. 하지만 결국은 모두가 거기에 이를 것이다.

행운의 숫자 LUCKY numbers

물병자리에게 행운의 숫자는 11, 4, 22, 그리고 44이다. 당신은 특히 11과 22라는 두 숫자에 끌릴 것이다. 이 숫자들은 당신과 마찬가지로, 특별한 마법과 에너지를 품고 있어서 지구상의 다른 숫자들과는 엄연히 다르다. 이 숫자들은 당신에게 영감을 불어넣어 줄 것이다. 그것은 거친 여행일 수도 있지만, 이 숫자들과 함께 함으로써 당신은 삶에 있어서 가치 있다고 여기는 것을 반드시 얻게 될 것이다. 더 많이 지니고 다닐수록 당신은 더욱 더 자신의 자질을 잘 발휘하게 될 것이고, 그만큼 많은 보상을 받게 될 것이다!

물병자리의 행운아

얼마나 놀라운 여성인가! 오프라 윈프리는 미국에서 부유한 여성으로 손꼽힐 뿐만 아니라 가장 사랑받고 가장 존경받는 사람 중의 한 명이기도 하다. 그녀의 인생은 문자 그대로 '넝마에서 부자에 이르기까지'의 전설이나 마찬가지이다. 그녀는 시대를 앞서가는 토크 쇼를 창조함으로써 과거를 극복하고 찬란하게 일어섰다. 그녀의 쇼는 사회적 불의에 맞서 싸우는 구실을 할 뿐 아니라 미국과 전 세계의 시청자들에게 빛을 던져 주고 치유를 시도하기도 한다. 〈오프라 윈프리 쇼〉는 정직과 깊이, 고결함을 상징하는 신선한 브랜드로 자리잡았다. 얼마나 놀라운 성취인가! 우리 모두에게 진실로 영감을 주는 것은, 이 놀라운 물병자리 여성이 오직 단독으로, 어떻게 해야 성공할 수 있는지, 어떻게 해야 그들 자신의 길을 갈 수 있을지, 어떻게 해야 의미 있는 충만한 삶을 살 수 있는지를 세상의 모든 이들에게 보여준다는 점이다. 그녀는 희망의 등불이다. 우리 또한 우리들 영혼의 잠재력을 성취할 수 있으며 우리의 소명을 발견할 수 있으리라는 것을 믿게 해준다.

당당하게 자신의 길을 개척한 오프라 윈프리 ☞

그런가 하면 물병자리는…

러시아 괴짜 수도사 그리고리 라스푸틴 역시 전형적인 물병자리 태생이다. 소문에 따르면 그는 미래를 예견하여 러시아 전체를 뒤흔들었다. 그가 알렉산드라 여제에게 쓴 편지 한 통에는 여제와 그녀의 가족의 죽음을 예언하는 내용이 들어 있었는데, 그로부터 19개월 후 실제로 그런 일이 발생했다. 그가 예언한 다른 내용들도 러시아 역사에서 사실로 드러났다. 라스푸틴은 치유의 능력도 있어서 혈우병을 앓던 황태자를 기도로 치료한 덕에 황제와 황후의 총애를 얻었다. 오늘날까지도 어떻게 해서 그런 일이 가능할 수 있었는지 의사들은 당혹스러워 한다. 최고 권력자의 절대적 신임을 얻게 되자 그는 분수를 잊고 러시아의 내정과 외교를 제멋대로 주물렀다. 게다가 진료를 구실로 환자들과 곧잘 음란에 빠지곤 했고, 술을 물처럼 벌컥벌컥 들이마셨다. 그럼으로써 러시아어 사전에 '난봉꾼'을 의미하는 '라스푸트니'라는 단어를 추가했을 정도다. 대부분의 물병자리 태생과 마찬가지로 그는 다른 사람의 견해 따위는 아랑곳하지 않았고, 결국 황제의 눈을 가리는 요승이라고 믿은 황실의 한 분노한 친척에 의해 살해당하는 것으로 생애를 마감했다. 여기에서 물병자리인 당신이 배워야 할 교훈은 이것이다. 보드카를 마시지 말라. 통음하지 말라! 각설하고 충언하건대, 당신의 비전에 너무 도취된 나머지 자기 자신을 잃지 말라.

이렇게 마음을 다잡아라

걷잡을 수 없이 창의력이 풍부한 당신, 그러나 그 놀라운 발상들이 오는 경로는 실로 다양하다. 당신은 과일의 열매를 두 배로 열리게 할 알람시계처럼 삶을 편리하게 해줄 장치를 발명할 수도 있다. 혹은 음악을 믹싱하는 재능이 있어서 기이한 리듬이나 자신만의 독창적인 스타일로 세상을 놀라게 할 수도 있다. 당신이라는 존재의 자루에는 놀라운 것들이 많이 담겨 있어서 당신의 연인을 위해 미지의 성적인 기적을 실행해 보일 수도 있다. 어떤 방식으로 당신의 창의력을 살리든, 그것을 당신의 이익을 위해 활용하도록 하라. 굳이 인정을 받으려고 하지 말라. 영감으로 떠오르는 것은 무엇이든 소홀하게 여기지 말라. 당신에게는 그냥 흘려보냄으로써 활용되지 않는 수많은 재능이 있기 때문이다.

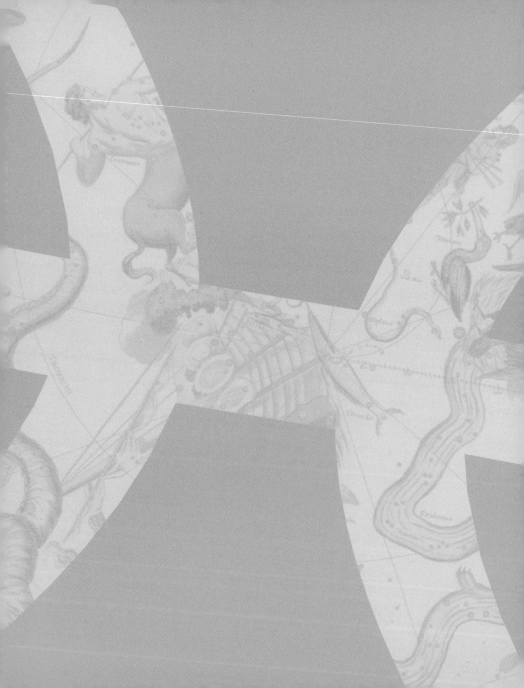

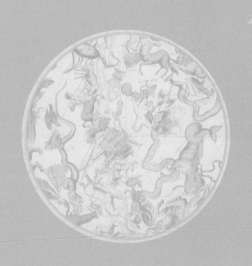

물고기자리 *pisces*

2월 20일 ~ 3월 20일

별자리의 특성

키워드	낭만적임, 창조적임, 자비로움, 영적임
지배 행성	해왕성 – 바다의 신
강점	드라마, 치유, 창조성, 시
약점	백일몽, 거짓말, 공상, 변덕

물고기자리인 당신은 얼마나 사랑스럽고 얼마나 신사숙녀다운지! 당신이 이 행성에 온 것은 지구의 이쪽 끝에서 저쪽 끝까지 뻗어나갈 만큼 활달한 상상력을 펼치기 위해서이다. 당신의 재능은 예민한 감수성이다. 때로는 운명의 면전에서 이를 기꺼이 등 뒤로 내던져 버리기도 하지만! 당신은 매우 낭만적이고 창조적인 기질을 갖고 있으며, 직관과 공명하는 신사숙녀의 자질을 갖고 있다. 당신은 자신이 살기에는 세상이 너무 거칠다고 느낄지도 모른다. 세상에 태어나기로 동의했을 때 (당신은 아마도 윤회를 믿을 것이고, 신비주의적인 경향이 다분할 것이다), 당신은 아

름답고 고요한 세상을 기대했었다. 이렇게 험한 곳이리라고는 상상할 수 없었다. 사실 당신은 하늘나라에서 이 지구로 유배를 당한 것인지도 모른다. 약간의 사랑과 믿음을 이 지구에 가져오는 것이 당신의 사명이었는지도 모른다.

당신에게는 시와 그림을 쓰고 그릴 수 있는 탁월한 재능이 있다. 이런 재능을 가졌다고 느끼지 않는다면, 그것은 아마도 자신감의 결여를 다소 타고났기 때문이거나 자신에 대한 믿음이 부족해서일 것이다. 그런 것들일랑 멀리 날려 버려라. 자리에 앉아서 그림을 그리거나 시를 쓰려고 시도해 보라. 아마도 깜짝 놀랄 기쁨을 경험하게 될 것이다. 영감이 곧 밀어닥칠 것이다. 기껏 한 번 시도해 보고 포기하지 말라. 계속 시도해 보라. 당신의 정신적이고 정서적인 안정을 위해서는 감정을 표현하는 것이 필수적이다.

물고기자리를 위한 팁

당신은 자연을 사랑하는 사람으로, 자연의 소리에 눈과 귀를 열 줄 안다. 공원이나 야외로 산책을 나가 즐기는 시간을 충분히 가져라. 도시에 살수록 더욱 더 그래야 한다. 당신은 혼자임을 즐기고 사랑할 수 있어야 하고, 그것이 당신의 본성 중 한 부분이다. 당신 자신은 부인하고 싶을 때가 많겠지만. 당신의 깊은 사랑과 성숙한 영혼은 문제가 있는 어느 누구든 자석처럼 끌어당긴다. 기억하라. 당신은 자선 단체에서 일하고 있는 것이 아니며, 자신을 위해 시간을 쓰지 않으면 안 된다는 것을. 당신 자신을 사랑하고 양육하라. 그러면 틀림없이 당신을 지원하는 네트워크가 충분히 형성될 것이다. 당신은 인생의 흐름을 정확하게 짚는 탁월한 감각이 있다. 여유를 갖고 당신 자신을 조율할 때, 삶은 자연히 올바른 방향으로 흘러갈 것이다.

감수성 넘치는 물고기

당신은 목소리 큰 사람들을 싫어한다. 자신감 넘치는 성공한 사람들에게 끌리고 그들을 상찬하면서도, 큰 소리를 내는 것은 혐오한다. 당신은 성공이라는 것을 물질주의적인 성취로 보지 않는다. 당신에게 있어서 성공이란 영혼이 이 세상에 오게 된 목적을 알고 그것을 성취하는 것이다. 아직 진화가 덜 된 물고기자리 태생은 공상적인 세계에 살고 싶은 유혹을 느낄지도 모른다. 심지어는 거짓말을 밥 먹듯 할지도 모른다. 그들은 해왕성의 바다에 침몰하여 알코올이나 마약, 심지어는 섹스 중독에 빠져 자기 자신을 잃어버릴 수도 있다. 그러나 좋은 뉴스는, 물고기자리 태생은 멈추라고 외치는 내면의 목소리를 무시할 수가 없다는 점이다.

물고리자리 태생 중에는 글쓰기나 다른 창조 작업(예를 들면 책이나 영화 등)을 통해서 세상을 바르게 일으켜 세운 일을 한 사람들이 많다. 그들의 타고난 창조력이 다른 사람들의 마음과 감정을 사로잡은 것이고, 이는 우리가 사는 세상에 없어서는 안 되는 것이다. 당신의 정서적인 입김과 직관적인 사랑이 없다면 우리 모두는 어두운 시대 속에서 헤매야 할 것이다.

당신의 직관력은 당신이 가진 주요한 강점의 하나이다. 그것을 발전시킨다면, 고민에서 해방되는 데에 많은 도움이 될 것이다. 당신은 하늘과 통하는 직통선을 가지고 있다. 들으려고만 한다면 언제든지 해답이 당신에게 떠오를 것이다. 달콤하게 꾀는 마법의 목소리에 흔들리지 않고 직관이 말하는 것을 듣는 연습을 할 때, 당신의 삶은 온전히 고요한 평화의 세계로 이동할 수 있을 것이다. 과대망상증이나 편집증을 직관으로 오해하는 일이 없어야 한다. 직관은 내면의 현인에게서 나오는 목소리이지만, 편집증적인 것은 두려움과 불안의 목소리이다.

　물고기자리 태생 중에는 자신의 영적인 진보에 관심을 갖고 있는 이들이 많고, 뛰어난 영매가 되는 경우도 적지 않다. 당신에게는 심오한 지혜가 쉽사리 떠오르곤 한다. 명상은 말할 나위도 없이 당신에게 유용하다. 하지만 다른 것과 마찬가지로 영적인 추구 또한 지나치면 휩쓸려 표류하기 쉬우니 주의해야 한다.

　당신은 때로 사랑과 로맨스가 행복에 이르는 열쇠라고 잘못 오해하기도 한다. 그래서 물고기자리 태생들은 사랑을 추구하지만 그럴수록 오히려 사랑을 발견하기가 어려워진다는 것을 경험하곤 한다. 당신 자신과 당신의 인생을 사랑하라, 그러면 진실한 사랑은 어느 날엔가 당신이 원하는 모든 것을 지닌 채 맨발로 뛰어나와 당신을 놀라게 할 것이다. 그러나 그것을 위해 사냥을 나가면, 최후의 유니콘보다 더욱 더 붙잡을 수 없는 것이 되고 만다.

행운의 보석

자수정은 당신의 중독적인 본성을 절제하게 해준다. 알코올이 당신을 넘보고 있다고 느껴진다면 자수정을 지니고 명상을 하는 것이 크게 보탬이 될 것이다.

바다에서 나는 **진주**는 당신을 자신의 감정 상태와 이어준다. 진주는 눈물을 자극할 수 있으므로, 감정에서 해방되고 싶을 때만 지니거나 착용해야 한다.

남옥(藍玉)은 눈부시게 아름다운 돌이다. 즉각적으로 마음을 가라앉히는 효과가 있어서 마음을 부드럽게 위무해 준다. 당신의 민감한 영혼에 숨어 있을지도 모르는 부정성이나 두려움을 깨끗이 씻어내 줄 것이다. 이 돌을 베개 밑에 넣어 두고 자면 평온한 잠을 이룰 수 있으며, 영적인 가이드와 대화를 할 수도 있다. 그 영적인 가이드는 꿈을 통해서 당신의 갈 길에 대한 해답을 내려줄 것이다.

당신은 멋쟁이!

영혼의 관대함과 사려 깊음은 당신이 갖고 있는 또 다른 멋진 면모들이다. 염소자리 같은 비판력이 투철한 별자리 태생은 당신의 인심이 후한 것을 두고 미쳤다고 생각할지도 모른다. 하지만 당신은 주는 것의 열 배를 다시 돌려받게 된다는 것을 알고 있다. 어떻든 베푸는 일이 없다면 인생이란 것이 얼마나 삭막해지겠는가? 당신은 선물이나 카드 등을 사람들에게 줌으로써 당신의 관심을 보여주는 것을 좋아한다. 이렇게 무조건적인 사랑을 품고 있기 때문에, 당신의 수호천사는 분명 다른 사람들의 수호천사보다 더 큰 존재일 것이다. 누군가가 분명히 당신의 어깨 너머 위에서 당신을 지켜보고 있다. 시대가 험하여 당신이 고초를 겪을 때면 희미한 목소리가 당신에게 속삭인다. "다 괜찮아질 거야. 꿈은 반드시 실현되는 법이고, 사랑은 어디에나 있어. 영혼의 짝은 반드시 존재해." 이러한 속삭임이 있기에 당신은 길을 갈 수 있다. 그리하여 마침내 당신의 꿈은 현실이 될 것이다. 당신이 상상해 왔던 것 이상으로 더 크고 더 멋진 현실이 당신 앞에 나타나는 것이다.

당신은 아이디어가 풍부한 사람이며 위대한 비전을 갖고 있다. 당신의 비전을 현실로 만드는 실제적인 기술을 발전시켜야 할 것이다. 어쨌든 당신은 성공할 수 있는 힘을 갖고 있다. 왜냐하면 당신의 사업에 대한 비전은 늘 사람들의 가슴에 호소하는 바가 크기 때문이다. 당신은 '얼굴에 수분을 공급하는 장치'를 개발할 수도 있을 것이고, 동화가 적힌 생리대를 개발할 수도 있을 것이다. 무엇을 개발하든 그것은 분명 사람들의 영혼을 위무하고 양육해 줄 것이다. 백일몽이나 환상 속에서 당신 자신을 잃지 않도록 애쓰라. 꿈을 구체적인 현실 속에 구현시키기 위해서 애를 쓰라.

당신에게는 줄 것이 많다. 하지만 당신은 너무나 민감하여 주고 싶은 마음을 삼가야 할 필요성을 느끼곤 한다. 만약 어느 것도 개체로는 있을 수가 없으며, 우리 모두가 순간순간 최선을 다하고 있다는 영적인 진리를 깨닫는다면, 당신은 훨씬 더 좋은 느낌을 안고 살아갈 수 있을 것이다. 우리 모두는 이 지구 위에서 서로 다른 현실을 창조하고 있으며, 삶에 대해서도 저마다 다른 해석을 하고 있다. 같은 방안에 있을 때조차도 두 사람이 똑같은 것을 경험할 수는 없다. 똑같은 일을 두고 두 사람에게 한번 물어 보라. 각기 다른 이야기를 하는 것을 듣는다면 놀라지 않을 수 없을 것이다. 단, 모든 별자리의 사람들은 모두가 하나라는 진정한 연합을 향하여 점점 더 가까이 접근하고 있다. 그들 모두가 각기 자기 나름대로의 현실을 경험하고 있다는 것을 인식하라.

행운의 색깔 LUCKY COIORS

라일락 색, 바다 색, 옅은 자주색, 청록색이 당신의 색깔이다. 모두가 영성과, 아발론의 안개 낀 물그림자와, 호수의 여신과 연관되는 색이다. (당신은 마법과 로맨스, 충성심 등 수많은 의미를 담고 있는 아서 왕의 신화를 사랑한다.) 이런 색깔들은 당신을 위무하고 가라앉혀 주며, 당신에게 조화와 균형, 내적인 명료함을 가져다준다. 청록색은 목 차크라와 연관되어, 당신의 감정을 표현하고 생각을 선명하게 하는 데에 도움을 주기 때문에 명상을 할 때 활용하면 큰 효과를 볼 수 있다. 하늘색 빛이 당신의 목구멍으로 들어오고 있다고 상상하라. 부정적인 생각에서 해방시켜 주고 당신의 내면의 진실을 표현하도록 도와줄 것이다. 파란색 스카프를 하거나 청록색 물건을 지니고 다니면 당신이 필요한 것이 무엇인지 다른 사람들에게 의사를 전달하는 데에 도움이 된다. 때로 당신은 다른 사람들에 대한 연민에 사로잡혀서 당신 자신은 등한시함으로써 상처와 후회 속에 있을 수 있다. 기억하라, 당신에게는 당신 자신이 원하는 것을 요청해야 할 책임이 있다. 당신은 자기 자신을 표현하기 위해서 태어났고, 당신의 창의력이라면 무엇이든 할 수 있다. 내면에 지닌 특별한 마법이 바깥으로 표출되려고 기다리고 있다.

물고기자리의 행운아

드류 배리모어는 출발이 너무나 좋았다. 나중에는 잠시 동안 사랑과 약물 사건으로 허우적댔지만, 그 후 더 굉장한 스타로 떠올랐다. 그녀는 일곱 살의 어린 나이에 빅 히트작인 〈ET〉로 명성을 얻었다. 하지만 생이란 것은 한 꼬마가 감당하기엔 너무나 거친 것이고, 그것은 우리의 꼬마 스타 드류에게도 전혀 다르지 않았다. 비록 그녀의 몸 속에 배우의 피가 흐르고 있었을지라도(어머니, 아버지, 할아버지, 할머니가 모두 배우인 집안이기 때문에) 드류는 얼마 동안 궤도에서 이탈했다. 아홉 살에는 마약과 알코올에 손을 댔고, 열세 살에는 더 나아가 코카인을 복용했다. 그러나 재기불능일 것이라는 주위의 우려 속에 열다섯 살에는 마약에서 손을 끊고, 자기 인생의 주인 노릇을 하기 시작했다. 그녀 안에는 여전히 야성적인 어린아이 기질이 다소 남아 있었지만, 〈스크림〉과 〈칼리의 천사들〉이라는 대중적인 영화의 주연으로서 다시금 영광의 월계관을 썼다.

방황의 수렁에서 벗어나 재기에 성공한 드류 배리모어 ☞

그런가 하면 물고기자리는…

엘리자베스 테일러는 물고기자리의 여왕이다. 그녀는 물고기자리 안에 태양을 가지고 있을 뿐만 아니라 열정과 활력의 행성인 불타는 화성도 가지고 있다. 세상에서 가장 아름답고 가장 많은 출연료를 받는 것이 테일러의 불운을 멈춰 세울 수는 없었다. 그녀는 건강 문제로 심히 고통을 받아 왔고, 〈내셔널 벨벳〉이라는 영화를 촬영하는 동안 일어난 어린 시절의 낙마 사고 이후로 진통제를 안고 살아야 했다.

엘리자베스 테일러는 폭풍과도 같은 열정에 휩싸여 세계적인 명배우인 리처드 버튼과 결혼했다. 하지만 '과도한 음주를 삼가라' 는 물고기자리의 황금률을 어기고 거기에 굴복하고 말았다. 재혼한 남편 마이크 토드는 비행기 추락 사고로 죽었고, 그 이후에 이어진 여러 차례의 결혼도 모두 실패로 돌아갔다. 고질적인 허리 통증과 건강 문제로 엘리자베스의 삶은 늘 출렁거렸다. 그럼에도 그녀는 역시 로맨스의 여신이고, 꿈을 실현하고자 애써 왔다. 모든 물고기자리 태생들이 그러해야 하듯이!

행운의 숫자 LUCKY NUMBERS

물고기자리에 행운의 숫자는 12, 7, 13, 3, 그리고 22이다. 7은 영성의 숫자이기 때문에 특히 당신에게 좋은 숫자이다. 7은 신비를 드러내 주고 믿음을 부추겨 준다. 7이 포함된 번지에 산다면, 지혜로운 사람들과 우연히 만나는 일들이 잦을 것이고, 안정된 느낌을 갖고 살수 있을 것이다. 문제에 압도당할 때 7이라는 숫자는 그것을 즉시 기회로 변화시켜 준다. 7이라는 숫자가 배움과 성장에 관련되어 있기 때문이다. 22이라는 숫자는 완성의 숫자여서, 그 숫자에 끌리는 사람은 완성을 위한 사명을 갖고 있다고 할 수 있다. 22는 당신으로 하여금 더 지고한 삶의 목적을 발견하도록 이끌어 줄 것이다.

이렇게 마음을 다잡아라

당신은 4대 원소 중에서 '물'에 속하지만, 그중에서도 알짜배기로 그렇다고 할 수 있다. 당신은 온전히 물 속에서 살고, 물 바깥에서는 살 수가 없기 때문이다. 당신은 호수와 바다의 생물이고, 이 거친 세상에서 살아남기가 어렵다는 느낌을 갖는 것이 당연하다. 물고기자리의 심벌은 두 마리 물고기가 서로 다른 방향으로 헤엄을 치고 있는 모습이다. 그래서 당신은 매일의 일상생활 속에서 둥글게 원을 그리며 헤엄을 치는 일이 잦거나, 서로 다른 방향에서 당신을 잡아당기고 있는 것 같은 느낌을 가질 수 있다. 마음을 바꾸려고 하기보다는, 당신 자신에 관한 두 가지 상반된 것들로 하여금 서로 통하게 하여 일치점에 이르는 결정을 내리는 법을 배우도록 하라. 마음을 바꾸려고 하면 다시금 예전으로 돌아가곤 하기 때문이다. 그렇게 되면 당신은 미칠 지경이 될 뿐만 아니라 당신 주변의 사람들에게도 영향을 미친다. 직관의 소리를 들어라, 그러면 당신이 따르고 지킬 수 있는 결정을 할 수 있을 것이다.

별자리 어드바이스

당신은 매우 창조적인 별자리에 태어났다. 당신 안의 예술적인 면을 표현한다면, 생산적이고 좋은 에너지가 흐르기 시작할 것이다. 당신이 좋아하는 온갖 창조적인 테크닉을 시험해 보라. 마음속으로 망설여지는 것까지도 망설이지 말고 시도해 보라. 드로잉, 페인팅(설령 손가락을 사용해서 그리더라도), 음악, 글쓰기 등은 당신에게 생명력을 더해 줄 것이다. 음울한 시나 가사를 쓰는 일에 빠지지 말고, 축제로서의 삶을 글로 써 보라. 희곡 작가가 되는 길에 입문하라. 당신의 자신감을 밀어 올릴 수 있는 데가 바로 그곳일 수도 있기 때문이다. 창조의 꽃을 피워라. 당신 자신도 그 결과에 놀랄 것이다!

국립중앙도서관 출판시도서목록(CIP)

내 별자리의 행운수첩 / 미켈레 나이트 지음 ; 유영일 옮김.
— 서울 : 북&월드, 2004
p. ;   cm
원서명 : Good fortune : starsigns
원저자명 : Knight, Michele
ISBN 89-90370-59-0 03840 : ₩9,000
188.8-KDC4
133.5-DDC21   CIP2004001373